ایک گدھے کی سرگزشت

(ناول)

کرشن چندر

Aik gadhe ki sarguzasht *(Novel)*
by: Krishan Chander
Edition: June '2024
Publisher :
Taemeer Publications LLC (Michigan, USA / Hyderabad, India)

ISBN 978-93-5872-923-8

کتاب	:	**ایک گدھے کی سرگزشت** (ناول)
مصنف	:	**کرشن چندر**
صنف	:	فکشن
ناشر	:	تعمیر پبلی کیشنز (حیدرآباد، انڈیا)
سالِ اشاعت	:	۲۰۲۴ء
صفحات	:	۱۶۰
سرورق ڈیزائن	:	تعمیر ویب ڈیزائن

ایک گدھے کی سرگزشت

ایک ناول

اس ناول کے تمام کردار، مقامات، واقعات
اور ادارے فرضی ہیں اور ان کا کسی شخص، جگہ، واقعہ
یا ادارے سے کوئی تعلق نہیں ہے کسی فرد مقام یا
ادارے سے مطابقت قطعی اتفاقیہ ہے اس کے
لئے مصنف یا پبلشرز کسی طرح کی ذمہ داری قبول
نہیں کر سکتے۔

گذاش احوال واقعی
المعروف بہ
اس کے پڑھنے سے
بہتوں کا بھلا ہوگا

حضرات میں نہ تو کوئی سادھو فقیر ہوں، نہ پیر دستگیر ہوں، نہ شری ۱۰۸ سوامی گھگھانند کا چیلا ہوں، نہ جڑی بوٹیوں والا صوفی گورکھ سنگھ بھیلا ہوں، میں نہ ڈاکٹر ہوں۔ نہ حکیم ہوں، نہ کسی ہمالیہ کی چوٹی پر مقیم ہوں، میں نہ کوئی فلم سٹار ہوں، نہ سیاسی لیڈر۔ میں تو بس ایک گدھا ہوں۔ جسے بچپن کی غلط کاریوں کے باعث اخبار بینی کی مہلک بیماری لاحق ہوگئی تھی۔ ہوتے ہوتے یہ بیماری یہاں تک بڑھی کہ میں نے اینٹیں ڈھونے کا کام چھوڑ کر صرف اخبار بینی اختیار کی۔ ان دنوں میرا مالک دھنو کمہار تھا جو بارہ بنکی میں رہتا تھا۔ (جہاں کے گدھے بہت مشہور ہیں) اور سید کرامت علی شاہ بار ایٹ لا کی کوٹھی پر اینٹیں ڈھونے کا کام کرتا تھا۔ سید کرامت علی شاہ لکھنؤ کے ایک مانے ہوئے بیرسٹر تھے۔ اور ان دنوں اپنے وطن مالوف بارہ بنکی میں ایک عالی شان کوٹھی خود اپنی نگرانی میں تعمیر کرا رہے تھے۔ سید صاحب کو پڑھنے لکھنے کا بہت شوق تھا۔ اس لئے

اپنی کوٹھی کا وہ حصّہ جو انھوں نے سب سے پہلے تعمیر کرایا۔ وہ ان کی لائبریری کا ہال تھا۔ اور ریڈنگ روم تھا۔ جہاں وہ علی الصبح آ کے بیٹھ جاتے۔ یا ہر برآمدے میں کُرسی ڈال کے اخبار پڑھنے کا چسکا پڑ گیا۔ ہوتا اکثر یوں تھا کہ ادھر میں نے ایک بلند ہوتی ہوئی دیوار کے نیچے اینٹیں پھینکیں اور بھاگتا ہوا ریڈنگ روم کی طرف چلا گیا۔ وکیل صاحب اخبار پڑھنے میں اس قدر مصروف ہوتے کہ انھیں میرے آنے کی خبر بھی نہ ہوتی اور میں ان کے پیچھے کھڑا ہو کر اخبار کا مطالعہ شروع کر دیتا۔ بڑھتے بڑھتے یہ شوق یہاں تک بڑھا کہ اکثر میں وکیل صاحب سے پیشتر آ کے اخبار پڑھنے لگتا۔ بلکہ اکثر تو ایسا ہی ہوا ہے کہ اخبار کا پہلا صفحہ میں پڑھ رہا ہوں۔ اور وہ سینما کے اشتہاروں والا صفحہ ملاحظہ فرما رہے ہیں۔ میں کہہ رہا ہوں، افوہ ایڈن آئرن ہاور اور بلگانن پھر ملاقات کریں گے؟" وہ کہہ رہے ہیں" آہا حضرت گنج میں دلیپ کمار اور نمّی کی تصویر لگ رہی ہے۔ میں کہہ رہا ہوں" چچ چچ۔ سکندریہ کے ہوائی حادثے میں بارہ مسافر ہلاک ہو گئے" وہ کہہ رہے ہیں۔" باپ رے باپ سونے کا بھاؤ بہت بڑھ گیا۔ بس اسی طرح ہماری تنقید کا سلسلہ جاری رہتا، حتیٰ کہ میرا مالک اینٹیں گن کر مستری کے حوالے کر کے واپس آتا اور میری پیٹھ پر زور سے ایک کوڑا مار کے مجھے پھر اینٹیں ڈھونے کے لئے لے جاتا مگر وکیل صاحب مجھے کچھ نہ کہتے۔ دوسرے پھیرے میں جب میں واپس آتا تو وہ خود اخبار کا اگلا صفحہ اٹھا کر مجھے دے دیتے۔ اور اگر میں اخبار پڑھ چکا ہوتا تو لائبریری کے اندر جا کر کوئی کتاب اُٹھا کے لے آتے۔ اور زور زور سے پڑھنا شروع کر دیتے یہ جو میں پڑھنا بولنا سیکھا ہوں، اسے سید صاحب کی کرامات سمجھئے یا ان کی مہربانی کا نتیجہ۔ کیوں کہ سید صاحب کو اخبار پڑھتے ہوئے خبروں پر بحث کرنے اور کتاب زور زور سے پڑھنے اور پڑھتے ہوئے اس پر تنقید کرنے کی عادت تھی۔ یہاں جس جگہ پر وہ کوٹھی تعمیر کرا رہے تھے انھیں کوئی ایسا نہ ملا جس سے وہ ایسی بحث کر سکتے یہاں ہر شخص اپنے اپنے کام میں مصروف تھا۔ میں ہی ایک گدھا انھیں ملا مگر اس سے انھیں بحث نہ تھی۔ وہ دراصل گفتگو کرنا چاہتے تھے۔ اپنے دل و دماغ کی باتیں کسی سے کہنا چاہتے تھے۔ گدھے کی بجائے اگر ایک خرگوش

۹

بھی ان کی صحبت میں رہتا تو عالم فاضل بن جاتا۔ سید صاحب مجھ سے بڑی ملاطفت سے پیش آتے تھے اور اکثر کہا کرتے "افسوس کہ تم گدھے ہو۔ اگر آدمی کا بچہ ہوتے تو میں تمھیں اپنا بیٹا بنا لیتا" سید صاحب کے ہاں کوئی اولاد نہ تھی۔ خیر صاحب کرنا خدا کا کیا ہوا کہ ایک دن سید کرامت علی شاہ کی کوٹھی تیار ہو گئی اور میرے مالک کو اور مجھے بھی اسی دن وہاں کے کام سے جواب مل گیا۔ اسی رات دھنو کمہار نے تاڑی پی کر مجھے ڈنڈے سے خوب پیٹا اور گھر سے باہر نکال دیا۔ اور کھانے کے لئے گھاس بھی نہ دیا۔ میرا قصور یہ بتایا کہ میں اینٹیں کم ڈھوتا تھا، اور اخبار زیادہ پڑھتا تھا اور کہا کہ۔ "مجھے تو اینٹیں ڈھونے والا گدھا چاہیے، اخبار پڑھنے والا گدھا نہیں چاہیے۔"

ناچار میں بھوکا پیاسا ساری رات بھر دھنو کمہار کے گھر کے باہر سردی میں ٹھٹھرتا کھڑا رہا۔ میں نے سوچ لیا تھا کہ صبح ہوتے ہی سید کرامت علی شاہ کی کوٹھی پر جاؤں گا اور ان سے کہوں گا کہ اگر اینٹیں ڈھونے پر نہیں تو کم از کم کتابیں ڈھونے پر ہی مجھے نوکر رکھ لیجیے۔ شیکسپیر سے لے کر احمق پھپھوندوی تک میں نے ہر مصنف کی کتاب پڑھی ہے اور جو کچھ میں ان مصنفوں کے بارے میں جانتا ہوں وہ کوئی دوسرا گدھا کیا جان سکتا ہے۔ مجھے اُمید ہے کہ وکیل صاحب ضرور مجھ سے التفات کریں گے اور مجھے رکھ لیں گے، مگر قسمت تو دیکھئے۔ دوسری صبح جب میں سید صاحب کی کوٹھی پر گیا تو معلوم ہوا۔ راتوں رات فسادیوں نے حملہ کیا اور سید کرامت علی شاہ صاحب کو اپنی جان بچا کر پاکستان بھاگنا پڑا۔ فسادیوں میں لاہور کے گنڈا سنگھ پھل فروش بھی تھے، جن کی لاہوری دروازے کے باہر پھلوں کی بہت بڑی دوکان تھی اور ماڈل ٹاؤن سے ملی ہوئی ایک عالی شان کوٹھی بھی تھی۔ اس لئے حساب سے ایک عالی شان کوٹھی زمین بھی یہاں ملنی چاہیے تھی۔ سو بھگوان کی کرپا سے انھیں یہ سید کرامت علی شاہ کی نئی بنی بنائی تیار کوٹھی مل گئی۔ جب میں وہاں پہنچا ہوں۔ تو گنڈا سنگھ لائبریری کی تمام کتابیں ایک ایک کر کے باہر پھینک رہے تھے اور لائبریری کو

پھلوں سے بھر رہے تھے۔ یہ شیکسپیر کاسٹ گیا اور تربوزوں کا ٹوکرا اندر آیا۔ یہ غالب کے دیوان باہر پھینکے گئے اور ملیح آباد کے آم اندر رکھے گئے۔ یہ خلیل جبران گئے اور خربوزے آئے۔ تھوڑی دیر کے بعد سب کتابیں باہر تھیں اور سب پھل اندر تھے۔ افلاطون کی بجائے آلو بخارا، سقراط کی جگہ سیتا پھل۔ جوش کی جگہ جامن، مومن کی جگہ موسمبی، شیلے کی جگہ شریفے، کیٹس کی جگہ ککڑیاں، بقراط کی جگہ بادام، کرشن چندر کی جگہ کیلے اور آل احمد کی جگہ لیموں بھرے ہوئے تھے کتابوں کی یہ درگت دیکھ کر میری آنکھوں میں بے اختیار آنسو آگئے اور اب انھیں ایک ایک کر کے اٹھا کے اپنی پیٹھ پر لادنے لگا۔ اتنے میں گنڈا سنگھ اپنی پھلوں کی لائبریری سے باہر نکل آئے، آکر ایک نوکر سے کہنے لگے "اس گدھے کی پیٹھ پر کتابیں لاد لو۔ اور اگر ایک پھیرے میں سب کتابیں نہ جائیں تو آٹھ دس پھیرے کر کے یہ سب کتابیں ایک لاری میں بھر کر لکھنؤ لے جاؤ اور انھیں نخاس میں بیچ دو۔" چنانچہ گنڈا سنگھ کے نوکر نے ایسا ہی کیا۔ بس دن بھر کتابیں لاد لاد کر لاری تک پہنچاتا رہا۔ اور جب شام ہوئی اور جب آخری کتاب بھی لاری میں پہنچ گئی۔ اس وقت گنڈا سنگھ کے نوکر نے کہیں جا کے مجھے چھوڑا۔ اس نے میری پیٹھ پر زور کا ایک کوڑا جمایا۔ اور مجھے لات مار کے وہاں سے بھگا دیا۔ میں نے سوچا جس شہر میں کتابوں اور عالموں فاضلوں کی یہ بے حرمتی ہوتی ہو۔ وہاں رہنا ٹھیک نہیں۔ اس لئے میں نے ترک وطن کا ارادہ کر لیا اپنے شہر کے در و دیوار پر حسرت بھری نگاہ ڈالی گھاس کے دو چار تنکے توڑ کر اپنے منھ میں رکھ لئے اور دہلی کا رخ کیا کہ آزاد ہندوستان کی راجدھانی یہی ہے گہوارۂ علم و ادب ہے۔ ریاست۔ سیاست کا مرکز ہے واں کسی نہ کسی طرح گزر ہو ہی جائے گی۔

۱۱

کرنا ہجرت گدھے کا
بارہ بنکی سے اور
جانا دہلی کو اور
بیان اُس شہروں پذیر کا

دلّی چلو

اُن دنوں دلّی چلو کا لفظ عام تھا۔ اور ہر کس و ناکس کی زبان پر تھا۔ چنانچہ میں بھی ایک حد تک اسی نعرے سے متاثر ہو کر دلّی جا رہا تھا۔ مگر یہ معلوم نہ تھا کہ رستے میں کیسی کیسی افتاد پڑے گی ایک دفعہ کا ذکر ہے۔ میں نے دیکھا ایک مُسلمان بڑھئی شرعی ڈاڑھی رکھے ہوئے ایک چھوٹا سا بچہ بغل میں دبائے ایک چھوٹے سے گاؤں سے بھاگ کر سڑک پر آ رہا تھا۔ میں نے ازراہِ ہمدردی اسے اپنی پیٹھ پر سوار کر لیا۔ اور تیز تیز قدموں سے آگے نکل گیا تاکہ اس کے گاؤں کے فسادی اس کا پیچھا نہ کر سکیں چنانچہ ہوا بھی یہ اور میں بہت آگے نکل گیا اور دل ہی دل میں بہت خوش ہوا کہ چلو میری وجہ سے ایک بے گناہ کی جان بچ گئی اتنے

میں کیا دیکھتا ہوں کہ بہت سے فسادی رستہ روکے کھڑے ہیں۔

ایک فسادی نے ہماری طرف دیکھ کر کہا "دیکھا اس بدمعاش مسلمان کو، نہ جانے کس غریب ہندو کا گدھا چرا کے لے جارہا ہے۔"

مسلمان بڑھئی نے اپنی جان بچانے کے لئے بہت کچھ کہا۔ مگر کسی نے ایک نہ سُنی اسے فسادیوں نے تہ تیغ کر دیا۔ مجھے ایک فسادی نے رستے سے باندھ لیا۔ اور اپنے گھر لے چلا۔

جب ہم آگے بڑھے تو رستے میں مسلمانوں کے چند گاؤں آتے تھے۔ یہاں پر چند دوسری طرف کے فسادی آگے بڑھے۔

ایک نے کہا "دیکھا، یہ غریب گدھا کسی مسلمان کا معلوم ہوتا ہے۔ اسے یہ ہندو فسادی گھیر کر لے جارہا ہے۔" اس بے چارے نے اپنی جان بچانے کے لئے بہت کچھ کہا، مگر کسی نے ایک نہ سُنی اور اس کا صفایا ہوگیا اور میں ایک مولوی صاحب کے حصے میں آیا جو مجھے اسی رسی سے پکڑ کے اپنی مسجد کی طرف لے چلے۔ رستے میں میں نے مولوی صاحب کی بہت منت سماجت کی۔

گدھا : یا حضرت۔ مجھے چھوڑ دیجئے۔

مولوی : یہ کیسے ہو سکتا ہے، تم مالِ غنیمت ہو۔

گدھا : حضور میں مالِ غنیمت نہیں ہوں۔ غنیمت ہی ہے کہ میں ایک گدھا ہوں۔ ورنہ اب تک مارا گیا ہوتا۔

مولوی : اچھا۔ یہ بتاؤ کہ تم ہندو ہو کہ مُسلمان۔ پھر ہم فیصلہ کریں گے۔

گدھا : حضور میں نہ ہندو ہوں۔ نہ مسلمان۔ میں تو بس ایک گدھا ہوں۔ اور گدھے کا کوئی مذہب نہیں ہوتا۔

مولوی : میرے سوال کا ٹھیک ٹھیک جواب دو۔

گدھا : ٹھیک تو کہہ رہا ہوں ۔ مولوی صاحب ایک مسلمان یا ہندو تو گدھا ہو سکتا ہے مگر ایک گدھا مسلمان یا ہندو نہیں ہو سکتا ۔

مولوی : تم بہت بدمعاش معلوم ہوتا ہے ۔ ہم گھر جا کے تمھیں ٹھیک کرے گا۔

مولوی صاحب نے مجھے مسجد کے باہر ایک کھونٹے سے باندھ دیا ۔ اور خود حجرے میں چلے گئے، میں نے موقع غنیمت سمجھا اور رسّی تڑا کر وہاں سے بھاگا ۔ وہ بھاگا ہوں، وہ بھاگا ہوں کہ میلوں تک پیچھے مڑ کر نہیں دیکھا ۔ اب میں نے یہ فیصلہ کر لیا کہ تنگ نظر انسانوں کے جھگڑے سے ایک گدھا کا کیا واسطہ، میں اب نہ کسی ہندو کی مدد کروں گا، نہ مسلمان کی ۔ چنانچہ اب میں دن بھر کسی درخت کے گھنیرے سائے میں پڑا رہتا ، یا کسی جنگل یا میدان میں گھاس چرتا رہتا ۔ اور جب رات ہوتی ۔ تو اپنا سفر شروع کر دیتا ۔ اس طرح چلتے چلتے بڑی مشکل سے کہیں چھ سات ماہ کے بعد میں دلّی کے اطراف و کناف میں داخل ہوا ۔ دلّی کا جغرافیہ مختصر طور پر بیان کرتا ہوں تا کہ دلّی آنے والے سیاح میری معلومات سے فیضیاب ہوں اور دھوکا نہ کھائیں ۔

دلی کا جغرافیہ ۔

دلّی کے شمال میں ریفیوجی ۔ جنوب میں ریفیوجی، مشرق میں ریفیوجی اور مغرب میں ریفیوجی بستے ہیں ۔ بیچ میں ہندوستان کا دارُالخلافہ ہے ۔ اور اس میں جگہ جگہ سینما کے علاوہ نامردی کی دوائیں اور طاقت کی گولیوں کے اشتہار لگے ہوئے ہیں ۔ جن سے یہاں کی تہذیب و تمدن کی رفعت کا اندازہ ہوتا ہے ۔ ایک دفعہ میں چاندنی چوک میں سے گزر رہا تھا کہ میں نے ایک خوبصورت لڑکی کو دیکھا کہ تانگے پر بیٹھی پائدان پر پاؤں رکھے اپنے حسن و جمال میں کھوئی ہوئی چلی جا رہی تھی اور پائدان پر لکھا تھا " اصلی طاقت کی گولی اندر سنگھ جلیبی والے سے خریدیئے"۔ میں اس منظر کے بے پناہ طنز سے متاثر ہوئے بغیر نہ رہ سکا اور میں چاندنی چوک میں کھڑے ہو کر قہقہہ لگانے لگا ۔ لوگ باگ چلتے چلتے رک گئے ۔ اور ایک گدھے کو اس سڑک پر کھڑے ہو کر ہانک لگاتے ہوئے دیکھ کر ہنسنے لگے ۔ وہ بے چارے

میری بے ہنگم آواز پر ہنس رہے تھے اور میں ان کی بے ہنگم تہذیب کا ماتم کر رہا تھا۔ بہرحال کچھ بھی ہو، ایک پولیس کے سنتری نے مجھے ڈنڈا مار کے وہاں سے بھگا دیا۔ اور مجھے ٹاؤن ہال کی طرف دھکیل دیا۔ ان لوگوں کو معلوم نہیں کہ کبھی کبھی گدھے بھی انسانوں پر ہنس سکتے ہیں۔

دلّی میں آنے والوں کو یہ یاد رکھنا چاہئے کہ دلّی میں داخل ہونے کے لیے بہت سے دروازے ہیں۔ دلّی دروازہ، اجمیری دروازہ، ترکمان دروازہ لیکن آپ دلّی میں ان میں سے کسی دروازے کے راستے اندر نہیں آسکتے۔ کیوں کہ دروازے کے اندر اکثر گائیں بھینس بیل بیٹھے رہتے ہیں یا پولیس والے چارپائیاں بچھائے اونگھتے رہتے ہیں۔ ہاں ان دروازوں کے دائیں بائیں بہت سی سڑکیں بنی ہوئی ہیں جن پر چل کر آپ دلّی میں داخل ہوسکتے ہیں۔ انگریزوں نے بھی دلّی میں ایک انڈیا گیٹ بنایا ہے۔ لیکن اس گیٹ سے گزرنے کا کوئی راستہ نہیں ہے۔ دروازے کے اِردگِرد گھوم پھر کے جانا پڑتا ہے۔ عین ممکن ہے کہ دلّی کے گھروں پر بھی تھوڑے دنوں میں ایسے دروازے لگ جائیں لوگ شاید کھڑکیوں سے پھلانگ کر گھر میں داخل ہوا کریں گے۔

دلّی میں نئی دلّی ہے، اور نئی دلّی میں کناٹ پلیس ہے۔ کناٹ پلیس بڑی خوب صورت جگہ ہے۔ شام کے وقت میں نے دیکھا کہ لوگ لوہے کے گدھوں پر سوار ہو کر اس کی گول سڑک پر گھوم رہے ہیں۔ یہ لوہے کا گدھا ہم سے تیز دوڑ سکتا ہے۔ مگر ہماری طرح آواز نہیں نکال سکتا۔ یہاں پر میں نے اکثر لوگوں کو بھیڑ کی کھال کے بالوں کے کپڑے پہنے ہوئے دیکھا۔ عورتیں اپنے منہ اور ناخن رنگتی ہیں۔ اور اپنے بالوں کو اس طرح اونچا کر کے باندھتی ہیں کہ وہ دور سے بالکل گدھے کے کان معلوم ہوتے ہیں۔ بھئی، ان لوگوں کو گدھے بننے کا کتنا شوق ہے۔ یہ آج معلوم ہوا۔

کناٹ پلیس سے ٹہلتا ہوا میں انڈیا گیٹ چلا گیا۔ یہاں گھاس کے بڑے

عمدہ عمدہ قطعے تھے۔ جن کی دُوب بڑی خوش ذائقہ تھی۔ میں تو دو تین دن سے بھوکا تھا ہی۔ بڑے مزے میں مونہہ مار کے چرنے لگا۔ اتنے میں ایک زور کا ڈنڈا میری پیٹھ پر پڑا۔ میں نے گھبرا کے دیکھا۔ ایک پولیس کا سپاہی تھا غصے سے کہہ رہا تھا۔

"یہ کم بخت گدھا یہاں کیسے گھس آیا؟"

میں نے پلٹ کر کہا "کیوں بھئی۔ کیا گدھوں کو نئی دلی میں آنے کی ممانعت ہے؟"

مجھے بولتے دیکھ کر وہ سٹپٹا گیا۔ غالباً اس نے آج تک کسی گدھے کو بولتے نہیں سُنا تھا پھٹی پھٹی آنکھوں سے میری طرف دیکھ رہا تھا۔ تھوڑی دیر کے بعد جب اس کی حیرت کم ہوئی تو مجھے رسّی سے کھینچ کر تھانے لے چلا۔ تھانے میں پہنچ کر اس نے مجھے اپنے ہیڈ کانسٹبل کے سامنے جا کھڑا کیا۔

ہیڈ کانسٹبل نے بڑی حیرت سے اس کی طرف دیکھ کر کہا "اسے یہاں کیوں لائے ہو رام سنگھ؟"

رام سنگھ نے کہا "حضور۔ یہ ایک گدھا ہے۔"

"گدھا تو ہے، یہ تو میں بھی دیکھ رہا ہوں، مگر تم اسے یہاں کیوں لائے ہو؟"

"حضور یہ انڈیا گیٹ پر گھاس چر رہا تھا۔"

"ارے گھاس چر رہا تھا۔ تو کیا ہوا۔ تمھاری عقل بھی کہیں گھاس چرنے تو نہیں چلی گئی۔ اسے یہاں کیوں لائے۔ لے جا کے کسی مویشی خانے میں بند کر دیتے۔ اس بے زبان جانور کو تھانے میں لانے کی کیا ضرورت تھی۔"

رام سنگھ نے رُکتے رُکتے میری طرف فتح مندی کی نگاہوں سے دیکھ کر کہا "حضور یہ بے زبان نہیں ہے۔ یہ بولتا ہے!"

اب کے ہیڈ کانسٹبل بہت حیران ہوا، مگر پہلے تو اسے یقین نہیں آیا۔ بولا "رام سنگھ تمھارا دماغ تو ٹھیک ہے؟"

"نہیں یہ بالکل ٹھیک کہتا ہے ہیڈ کانسٹبل صاحب" میں نے آہستہ سے سر ہلا کے کہا۔

ہیڈ کانسٹبل اپنی سیٹ سے اُچھلا۔ یوں کہ جیسے اس نے کوئی بھوت دیکھ لیا ہو۔ اصل میں اس کی حیرت بالکل حق بجانب تھی۔ کیوں کہ نئی دلی میں ایسے تو بہت لوگ ہوں گے جو انسان ہو کر گدھوں کی طرح باتیں کرتے ہیں۔ لیکن ایک ایسا گدھا جو گدھا ہو کر انسانوں کی سی بات کرے۔ ہیڈ کانسٹبل نے آج تک نہ دیکھا نہ سُنا تھا۔ اسی لئے بے چارا چکرا گیا۔ اس کی سمجھ میں نہ آیا کہ کیا کرے۔ آخر سوچ سوچ کے اس نے روزنامچہ کھولا اور رپٹ درج کرنے لگا۔

اس نے مجھ سے پُوچھا "تمھارا نام"

"گدھا"

"باپ کا نام"

"گدھا"

"دادا کا نام گدھا"

"گدھا"

"یہ کیا!" ہیڈ کانسٹبل نے تعجب سے کہا "سب کا ایک ہی نام ہے۔ یہ کیسے ہو سکتا تھا اب مجھے دیکھو۔ میرا نام جیوتی سنگھ ہے۔ میرے باپ کا نام پیارے لال تھا۔ میرے دادا کا نام جیون داس تھا۔ ہمارے ہاں نام بدلتے رہتے ہیں۔ تم ضرور جھوٹ بولتے ہو"

جیوتی سنگھ مجھے شبہے کی نظروں سے دیکھنے لگا۔

میں نے کہا "نہیں حضور، میں جھوٹ نہیں بولتا، اور واقعہ یہی ہے کہ ہمارے ہاں نام نہیں بدلتے، جو باپ کا نام ہوتا ہے وہی بیٹے کا، وہی پوتے کا"

"اس سے کیا فائدہ ؟" جیوتی سنگھ نے پوچھا۔

"اس سے شجرۂ نسب ملانے میں آسانی ہوتی ہے۔ مثال کے طور پر۔ کیا آپ مجھے اپنے پردادا کا نام بتا سکتے ہیں" میں نے جیوتی سنگھ سے پوچھا۔

"نہیں"، جیوتی سنگھ نے افسوس سے سر ہلا کے کہا۔

"مگر میں بتا سکتا ہوں۔ آپ کے ہاں وہ آدمی بڑا خاندانی سمجھا جاتا ہے جو آج سے چار سو، چھ سو، آٹھ سو سال پہلے کے مورثِ اعلیٰ کا نام بتا سکے۔ دیکھئے میں آپ کو آج سے آٹھ ہزار کیا آٹھ لاکھ سال پہلے کے مورثِ اعلیٰ کا نام بتا سکتا ہوں۔ شری گدھا! بولئے پھر کیا ہم گدھے آپ سے بہتر خاندان کے ہوئے کہ نہیں ؟"

جیوتی سنگھ نے بڑے غور سے میری طرف دیکھا۔ اس کا شبہ اور بڑھ گیا۔ اس نے آہستہ سے رام سنگھ کے کان میں سرگوشی کرتے ہوئے کہا۔ "مجھے یہ شخص بڑا خطرناک معلوم ہوتا ہے۔ ہو نہ ہو۔ یہ کوئی غیر ملکی جاسوس ہے، جو گدھے کے لباس میں نئی دلی کا چکر لگا رہا ہے۔"

رام سنگھ نے کہا "حضور میں تو سمجھتا ہوں۔ اس کی کھال اتروا کے دیکھنا چاہیے۔ اندر سے وہ خفیہ جاسوس باہر نکل آئے گا۔ پھر ہم اسے گرفتار کر لیں گے۔"

جیوتی سنگھ نے کہا "تم بالکل ٹھیک کہتے ہو۔ مگر اس کے لئے سب انسپکٹر چانن رام کی منظوری لینا بہت ضروری ہے۔ چلو آؤ۔ اسے ان کے سامنے لے چلیں۔"

میرے کان میں بھی کچھ بھنک پڑ چکی تھی، مگر میں کان لپیٹے خاموش رہا۔ اور ان دونوں کے ساتھ اندر کے کمرے میں سب انسپکٹر چانن رام کے سامنے چلا گیا۔

چانن رام کی مونچھیں بچھو کے ڈنک کی طرح کھڑی تھیں اور اس کے سرخ چہرے پر ہمیشہ غیظ و غضب کا جاہ و جلال رہتا تھا۔ چانن رام کو آج تک کسی نے ہنستے ہوئے یا مسکراتے ہوئے نہیں دیکھا تھا اسی لئے بہت سے لوگ اسے ایک اعلیٰ پولیس افسر سمجھتے تھے چانن رام نے ان کی ساری بات سن کر میری طرف گھور کر دیکھا اور کہا "ہاں، تو تم پاکستان کے جاسوس

ہو۔" میں چُپ رہا۔

چانن رام نے زور سے میز پر مکا مار کے کہا "سمجھ گیا۔ تم روس کے ایجنٹ ہو۔"

میں پھر بھی خاموش رہا۔

چانن رام نے دانت پیستے ہوئے کہا "کم بخت، بدمعاش، کیمونسٹ۔ میں تمھاری ہڈی پسلی ایک کر دوں گا ورنہ جلدی بتاؤ کہ تم کون ہو۔" یہ کہہ کر چانن رام مجھے مکوں، لاتوں، ٹھوکروں سے مارنے لگا۔ مارتے مارتے جب وہ بالکل بے دم ہو گیا تو میں نے زور سے ایک درد بھری ہانک لگائی۔ ہانک لگاتے ہی وہ رک گیا۔ اور پہلے میری طرف حیرت سے دیکھ کر اور پھر نہایت ہی غصہ سے جیوتی سنگھ اور رام سنگھ کی طرف دیکھ کر بولا "ارے یہ تو بالکل گدھا ہے۔ اک دم گدھا ہے، اور تم کہتے ہو یہ کوئی غیر ملکی جاسوس ہے تم مجھ سے مذاق کرتے ہو۔ میں ابھی تم کو ڈسمس کراتا ہوں۔"

رام سنگھ اور جیوتی سنگھ دونوں ڈر سے تھر تھر کانپنے لگے۔ ہاتھ جوڑ کر بولے "نہیں حضور ابھی یہ باہر کے کمرے میں بول رہا تھا۔ صاف صاف بول رہا تھا، انسانوں کی طرح۔"

"تم نے خواب دیکھا ہوگا، یا کام کرتے کرتے تمھارا دماغ خراب ہو گیا ہوگا جاؤ اس گدھے کو میرے سامنے سے لے جاؤ اور کسی مویشی خانے میں بند کر کے رکھو دو اگر تین چار دن میں اس کا مالک نہ آئے تو اسے نیلام کر دو۔" میں خوشی خوشی باہر آیا۔ میری چال کام کر گئی۔ اگر میں بولتا تو ضرور وہ لوگ میری کھال ادھیڑ کر دیکھتے کہ اندر کون ہے۔

اس کے بعد تین چار دن تو کیا جب ایک ہفتہ تک کوئی مالک نہ آیا تو مجھے نیلام کر دیا گیا اب مجھے رامو دھوبی نے خرید لیا۔ جو جمنا پار کرشنا نگر میں رہتا تھا۔

۱۹

جانا جمنا پار راموُ دھوبی کے گھر اور ملاقات کرنا گدھے کا میونسپل کمپنی کے محرّر سے

راموُ دھوبی کسی زمانے میں سوئی والان میں رہتا تھا۔ لیکن جب اس کے بہت سے گاہک ہجرت کر کے چلے گئے اور جو باقی رہ گئے وہ اس قدر غریب ہو گئے کہ خود اپنے ہاتھوں کپڑا دھونے لگے تو راموُ دھوبی بھی ہجرت کر کے وہاں سے چلا آیا۔ اور جمنا پار آ کے کرشن نگر میں بس گیا۔ یہاں مجھے بہت سخت کام کرنا پڑا۔ راموُ صبح اُٹھتے ہی کپڑوں کی گٹھڑیاں میری پیٹھ پر لاد کر چل دیتا اور جمنا کے کنارے پانی میں کھڑا ہو کر چھوا چھو شروع کر دیتا۔ دوپہر کو اس کی بیوی کھانا لے کر آتی تھی، اور کچھ دُھلے ہوئے کپڑے میری پیٹھ پر لاد کر استری کے لیے لے جاتی تھی۔ میں دن بھر جمنا کنارے گھاس چرتا رہتا یا ریل کے پُل سے گزرتی ہوئی مخلوق کا تماشا دیکھتا۔ دن ڈھلے راموُ پھر میری پیٹھ پر کپڑے لاد کر خود سوار ہو کر

واپس گھر چلا جاتا۔ اور مجھے ایک کھونٹے سے باندھ کر میرے سامنے گھاس ڈال کے تھکا ہارا اپنی چارپائی پر دراز ہو جاتا۔ بس صبح سے شام تک ایک عجیب طرح کی زندگی بسر ہوتی تھی۔ ایک کھونٹے سے دوسرے کھونٹے تک، گھر سے گھاٹ تک، گھاٹ سے واپس گھر تک پہنچ میں کوئی کتاب نہ آتی تھی، نہ کوئی اخبار، دنیا میں کیا ہو رہا ہے، سائنس کسے کہتے ہیں۔ سینما کیا ہوتا ہے۔ رقص اور کلچر، تہذیب اور خوب صورتی۔ فن اور فلسفہ ان تمام باتوں سے راموکی اور میری زندگی بالکل خالی تھی۔ میں تو خیر ایک گدھا تھا، لیکن میں دیکھ رہا تھا کہ راموا اور اس کے گھر والے اور اس کے گھر کے آس پاس رہنے والے تقریباً ایک سی ہی زندگی، بالکل میری سی زندگی بسر کرتے تھے۔ کتنے اچھے اچھے کپڑے ان لوگوں کے ہاں دُھلنے کو آتے تھے، دلفریب چھینٹیں۔ خوب صورت شفان، پھول دار کریپیں اور بادلوں کی طرح اڑتے ہوئے دوپٹے۔ لیکن راموکی بیوی یا اس کی بیٹی کے لیے ایک کپڑا ایسا نہ تھا۔ شام کو جب ہم جمنا سے لوٹتے اکثر سڑک کے کنارے ایک نئے تعمیر شدہ سینما کے باہر تماشائیوں کے ہجوم کو دیکھتے۔ مگر رامو بصد یاس وحسرت سینما کے خوب صورت اشتہاروں کی طرف آہ بھرتا ہوا چلا جاتا۔ اس کا جی تو چاہتا تھا کہ ہر روز سینما دیکھے اور اس کے ساتھ اس کے دوسرے ساتھی دھوبیوں کا بھی یہی جی چاہتا تھا۔ لیکن جب وہ اپنی جیب میں اتنے پیسے دیکھتے کہ یا تو ٹکٹ آجائے یا آٹا آجائے تو مجبور ہو کر آٹا لے آتے۔ کبھی کبھی کوئی من چلا آٹا چھوڑ کر سینما کا ٹکٹ خرید لیتا تھا۔ اس روز گھر میں بڑا ہنگامہ ہوتا تھا۔ ایک دفعہ رامو نے بھی ایسا کیا تھا۔ اس روز نہ صرف اس نے تاڑی پی تھی۔ بلکہ سینما کا ٹکٹ بھی خرید لیا تھا۔ اور مجھے اپنے ایک دوست تانگے والے کے حوالے کر کے اندر چلا گیا تھا۔ ہال کے باہر تین چار تانگے کھڑے تھے۔ جن کے گھوڑے ہنہنا کر اور زمین پر سم بجا کر ایک دوسرے سے گفتگو کر رہے تھے۔

ایک گھوڑا جس کا رنگ مشکی تھا اور ماتھا سفید اور جو کسی پرائیویٹ تانگے کا گھوڑا

تھا۔ اس لئے ذرا مغرور دکھائی دیتا تھا۔ دوسرے تانگے کے گھوڑے سے کہہ رہا تھا "میرا مالک مار دھاڑ کی تصویریں بہت پسند کرتا ہے۔ اکثر ایسی تصویر دیکھ کر خود زور زور سے تانگہ چلانے لگتا ہے مجھے یاد ہے ایک دفعہ سینما سے واپس آتے ہوئے اس نے بھرے بازار میں مجھے سرپٹ دوڑانا شروع کیا تھا۔ جیسا اس نے پکچر میں دیکھا تھا۔ کئی آدمی زخمی ہوئے تھے اور ایک بچہ تو ہسپتال میں مر گیا تھا۔ مگر میرا مالک بہت امیر تھا، کسی نہ کسی طرح اس نے ثابت کر دیا کہ وہ شراب کے نشے میں دھت تھا۔ اس لئے صرف جرمانہ ادا کر کے چھوٹ گیا۔

دوسرا گھوڑا بولا "میرے تانگے پر جو دو عورتیں آئی ہیں وہ صرف یہ دیکھنے آئی ہیں کہ مدھوبالا نے نئے فیشن کے کون سے کپڑے پہن رکھے ہوں گے۔ بلکہ ایک عورت نے تو دوسری کو اپنے بٹوے میں سے پنسل کاغذ نکال کے بھی دکھا دیا کہ وہ کس طرح ہال کے اندر بیٹھے بیٹھے مدھوبالا کے نئے فراک کے نمونے کی نقل کر لے گی۔"

تیسرا گھوڑا بولا "میرا مالک بڑا عزت دار ہے۔ وہ یہاں ہفتہ میں ایک روز اپنی داشتہ کو جو ایک غریب انگریز کی بیوی ہے۔ یہاں سینما دکھانے آتا ہے۔ وہ اگر چاہے تو اُسے نئی دلی کے عمدہ سے عمدہ سینما میں بھی لے جا سکتا ہے۔ مگر اسے اپنی عزت کا بہت خیال ہے۔"

میں نے جھجک کر (کیوں کہ یہ بڑے عالی نسب گھوڑے تھے) مگر ذرا ہمت کر کے ان گھوڑوں کی گفتگو میں حصہ لے کر پوچھ ہی لیا "کیوں جی یہ سینما کیا ہوتا ہے؟"

میرا سوال سن کر ان تینوں گھوڑوں نے بڑی نفرت اور حقارت سے میری طرف دیکھا جیسے ان کی نگاہیں کہہ رہی ہوں۔ 'گدھا ہے نا آخر!'——اس کے بعد دوسرے ہی لمحے میں وہ تینوں ہنہنا کر ہنس پڑے، اور میرے سوال کا جواب دیئے بغیر پھر اپنی باتوں میں مشغول ہو گئے۔

مشکی گھوڑے نے گھنٹی کی آواز سُن کر کہا "انٹرول ہو رہا ہے شاید!"

جب پکچر ختم ہو گئی تو رامو دھوبی تاڑی کے نشے میں بے سُدھ میری پیٹھ پر لدا ہوا،

اسی نئی فلم کے گیت گاتا ہوا جو اس نے آج ہی دیکھی تھی، گھر کی طرف چلا۔ آج سے پہلے وہ مجھے گھر کا راستہ بتایا کرتا تھا۔ آج مجھے بتانا پڑا۔ کئی دفعہ تو رامو گرتے گرتے بچا۔ آخر کسی نہ کسی طرح میں اسے سنبھال کے گھر لے گیا۔ جہاں اس کی یہ ہیئت کذائی دیکھ کر اس کی بیوی نے خوب خوب اس کی خاطر مدارات کی۔ کیوں کہ رامو کی فضول خرچی سے آج گھر میں چولھا نہیں سُلگا تھا۔ بچے بھوک سے بلک بلک کر سو گئے تھے۔ میاں بیوی میں خوب خوب لڑائی ہوئی۔ بیوی کہہ رہی تھی تم نے تاڑی کیوں پی۔ سینما کیوں دیکھا۔ جانتے نہیں تھے۔ یہ سب کچھ کروگے تو گھر میں چولھا نہیں جلے گا۔ اور رامو ہاتھ ہلا ہلا کے سر جھکا جھکا کے کہہ رہا تھا۔ خوب جانتا تھا مگر مجبور تھا۔ دماغ میں ہر روز کپڑے اس طرح چھوا چھو، چھوا چھو کرتے ہیں کہ معلوم ہوتا ہے کہ دماغ اس کے شور سے پھٹ جائے گا۔ ایسے وقت میں تاڑی پینے کو جی چاہتا ہے۔ تاکہ یہ شور سنائی نہ دے۔ سینما کیا ہر روز دیکھتا ہوں۔ قسم لے لو آج چھ مہینے کے بعد گیا ہوں۔ بالکل مجبور ہو کے۔ جی چاہتا تھا، اس گندگی کی غلیظ موریوں کی بو سونگھتے سونگھتے پریشان ہو گیا تھا۔ اس لئے وہاں چلا گیا۔ کیا بُرا کیا وہاں ایک خوب صورت گھر دیکھا۔ خوب صورت کپڑے۔ دلکش ناچ، صاف ستھرے بچے۔ عورتیں ایسی جو ہمارے محلے میں تو نظر نہیں آتیں۔

رامو کی بیوی نے اسے زور سے اک دھپ جمائی "موا گھر بھر کو بھوکا رکھ کر تماشہ دیکھتا ہے۔"

رامو نے کہا "میں بھی تو بھوکا رہا ہوں۔ سچ کہتا ہوں پیٹ کی بھوک بُری بلا ہے۔ لیکن کبھی کبھی کوئی دوسری بھوک بھی ایسی جاگ پڑتی ہے کہ رہا نہیں جاتا، کیا ہوا دھوبی ہوں، آخر کو انسان ہوں پیٹ کی بھوک کے سوا اور بھی بھوک لگتی ہے ایسی کہ دل اندر ہی اندر سے بھٹی کی طرح سُلگنے لگتا ہے۔"

اس رات مجھے گھاس نہیں ملی۔ مگر میں خود بھوکا رہ کر بھی سوچنے لگا کہ رامو ٹھیک کہتا ہے۔ رامو کوئی میری طرح تو گدھا نہیں جسے صرف کپڑے دھونے اور دو وقت کے چارے سے کام

ہو۔ رامو آخر ایک انسان ہے جسے پیٹ کی بھوک کے علاوہ اور بھی کئی طرح کی بھوک سے واسطہ پڑتا ہے۔ اچھے گھر کی بھوک، اچھے کپڑے کی بھوک، اچھے رقص کی بھوک، ایک خوب صورت چہرے کو دیکھنے کی بھوک، خوب صورت شفق کو دیکھنے کی بھوک، کئی دفعہ جمنا کے کنارے گھاس چرتے چرتے میں نے جمنا کے پانی میں سورج کے سونے کو گھلتے ہوئے اور آفتاب کو ڈوبتے ہوئے دیکھا ہے اور اس کے بے پناہ حسن سے مسحور ہو کے رہ گیا ہوں۔ مگر میں نے یہ بھی دیکھا ہے کہ عین اسی وقت بے چارا رامو گردن جھکائے کمر تک پانی میں ڈوبا ہوا اس شفق کے حسن سے بے نیاز ہو کر کپڑوں کو برابر کوٹ رہا ہے اور اسے مطلق پتہ نہیں کہ اس کے آس پاس کتنی بڑی خوب صورتی کا خزانہ لُٹا جا رہا ہے۔ میں ایک گدھا ہو کر اس خوب صورتی سے متاثر ہو سکتا ہوں۔ مگر رامو ایک انسان ہو کر اس سے حظ نہیں اُٹھا سکتا۔ حیرت ہے اس زندگی میں اس سماج میں آج بھی لاکھوں، کروڑوں انسانوں کی زندگیاں گدھوں سے بدتر ہیں۔

اس رات مجھے خود بھوکے رہ کر اس طرح کے بہت سے خیال آئے۔ مگر اس کے بعد مجھے بہت دنوں تک وہاں ٹکنا نصیب نہ ہوا۔ یہ نہیں کہ میں نے دانستہ وہاں سے بھاگ آنے کی کوشش کی تھی۔ حالاں کہ وہاں مجھے بہت تکلیف تھی۔ ایک تو اخبار پڑھنے کو نہیں ملتا۔ عرصے سے کسی کتاب کی صورت نہیں دیکھی تھی۔ جناپار عام طور پر جن لوگوں سے واسطہ پڑتا تھا وہ بالعموم خود اتنے غریب ہوتے تھے کہ کتاب خود نہیں خرید سکتے تھے، بہت سے لوگ جاہل اور اَن پڑھ تھے۔ یہاں اکثر گالی گلوچ جھگڑا ہوتا رہتا تھا۔ دھوبیوں کے محلے میں جہاں میں رہتا تھا۔ ہر روز کسی نہ کسی بات پر لڑائی ہوتی تھی۔ غصہ دھوبی کا گدھے پر نکلتا تھا، یا پھر اپنی بیوی یا بچوں پر، قصور کس کا ہوتا تھا۔ یہ میں کیا بتاؤں۔ قصور شاید اُن حالات کا تھا۔ جنھوں نے اچھے بھلے انسانوں کو جانور بنا دیا تھا۔ اب آپ حالات کو ڈنڈے سے تو نہیں پیٹ سکتے، یہ تشدد ہو گا۔ تو چلیے گھر کے گدھے ہی کو پیٹ لیجیے۔ قانون آپ کو اس کی اجازت دیتا ہے۔ رامو کے ہاں ظاہر ہے میرے ایسے پڑھے لکھے کو تکلیفوں کا سامنا کرنا پڑا۔ پھر بھی میں نے اس کا ساتھ نہیں

چھوڑا۔ کیوں کہ رامو ایک دیانت دار دھوبی تھا۔ وہ اپنے کپڑوں پر بڑی محنت کرتا تھا۔ صبح سے شام تک اپنا گھر چلانے کے لئے ہر ممکن کوشش کرتا تھا۔ ایسے آدمی کا ساتھ چھوڑنے کو جی نہیں چاہتا تھا۔ مگر کرنا خدا کا کیا ہوا کہ ایک روز رامو جب جمنا میں کپڑے دھو رہا تھا ایک مگرمچھ نے اس کی ٹانگ داب لی رامو نے اپنے آپ کو چھڑانے کی بہت کوشش کی۔ دوپہر کا وقت تھا۔ پل کے اوپر سینکڑوں مسافر گزر رہے تھے۔ ایک ریل گاڑی بھی گزر رہی تھی۔ پولیس کے سنتری بھی پل کے ناکے پر کھڑے تھے۔ رامو نے بہتیرا شور مچایا لیکن مگرمچھ نے کسی کی نہ سُنی۔ وہ رامو کو گھسیٹ کر گہرے پانیوں میں لے گیا۔

رامو کے گاہکوں کو رامو کے مرنے کا افسوس تو ضرور ہوا، مگر کپڑوں کے کھو جانے کا اس سے زیادہ ہوا۔ کیوں کہ رامو اور مگرمچھ کی لڑائی میں بہت سے کپڑے دریا میں بہہ گئے تھے، کئی ایک گاہکوں نے تو اسی وقت رسمًا افسوس کے بعد رامو کی بیوی سے کپڑوں کے لئے تکرار شروع کر دی رامو بہت اچھا دھوبی تھا، مگر ہماری شغان کی ساڑھی کون سی بُری تھی اور وہ نئی ساٹن کی شلوار جو ابھی ابھی گلزار ٹیلر ماسٹر سے سلوائی تھی۔ کہاں ہے وہ۔ ذرا وہ میلے کپڑوں کی گٹھڑی تو کھولو۔

مجھے ان لوگوں کی یہ حالت دیکھ کر بڑا افسوس ہوا۔ ہم گدھوں میں بھی کوئی مرجاتا ہے تو ہم اس کے بیوی بچّوں سے ایسا سلوک نہیں کرتے۔ مگر شاید اس کی وجہ یہ ہو کہ انسان اشرف المخلوقات ہے۔

چند دنوں ہی میں رامو کی بیوی اور اس کے تینوں بچوں کی حالت غیر ہوگئی۔ ان کے گھر میں کھانے کو کچھ نہیں تھا۔ فاقے پر فاقے لگ رہے تھے۔ دھوبی محلّے کے سرپنچ نے جو مدت سے رامو کی نوجوان بیوی پر آنکھ رکھتا تھا۔ تھوڑا سا آٹا اور دال رامو کے گھر بھجوا دیا۔ اور شام کو خود تاڑی پی کر چلا آیا اور رامو کی بیوی سے کہنے لگا کہ وہ اس کے گھر چلی آئے۔ رامو کی بیوی نے بہت سخت سُست کہہ کر گھر سے نکال دیا۔ اور پھر سرکپڑے کے

روتے لگی۔ میں نے اسے دم دلاسہ دیتے ہوئے کہا "مالکن گھبراتی کیوں ہو۔ سب ٹھیک ہو جائے گا۔"

راموکی بیوی نے جب مجھے بولتے ہوئے سنا تو پہلے تو اسے یقین نہ آیا۔ اور جب میں نے وہی بات دہرائی تو حیرت سے اس کی آنکھیں پھٹی کی پھٹی رہ گئیں، کیوں کہ نئی دلی سے آنے کے بعد اب تک میں نے کسی انسان سے ان کی بولی میں گفتگو نہ کی تھی۔ اور راموکے ہاں تو اس قسم کی گفتگو کا سوال ہی پیدا نہ ہوتا تھا، لیکن اب جب راموکی بیوی نے مجھے انسانوں کی طرح بات کرتے ہوئے سنا تو بالکل گھبرا گئی۔ آخر بڑی مشکل سے میں نے اسے کسی نہ کسی طرح سمجھا دیا کہ اس میں کوئی خاص بات نہیں ہے۔ یہ کوئی معجزہ نہیں ہے۔ خاص حالات تھے جن میں میں نے انسانوں کی بولی سیکھ لی۔

میں نے راموکی بیوی سے کہا "مالکن، بے شک میں گدھا ہوں۔ مگر اتنے عرصے تک تمھارے گھر کا نمک کھایا ہے۔ اب تم فکر نہ کرو۔ تم گھر میں ان تینوں بچوں کو لے کے بیٹھو۔ میں باہر جاتا ہوں، اور دیکھتا ہوں کہ کیا ہوسکتا ہے۔"

"اب کیا ہوسکتا ہے" راموکی بیوی نے کہا "کوئی ہماری مدد نہیں کرے گا ہم غریب آدمی ہیں۔"

"غریب ہیں تو کیا ہوا" میں نے ذرا دل جمی سے کہا "اب حکومت ہماری ہے زندگی ہماری ہے، سماج ہمارا ہے۔ اب ہم آزاد ہیں، جو چاہیں کرسکتے ہیں، تم فکر نہ کرو۔ ضرور کچھ نہ کچھ ہو جائے گا۔ میں آج ہی تمھاری مدد کے لئے میونسپل کمیٹی میں درخواست لے کے جاتا ہوں۔"

کرشن نگر کی میونسپلٹی کا محرر اپنے چپڑاسی، ایک دوست اور ہیڈ کلرک کے ساتھ میز کے اوپر رجسٹر رکھے اور رجسٹر کے اوپر تاش کے پتے پھیلائے اور ایک عجیب کوفت کے عالم میں بیٹھا تھا میں آہستہ سے اس کے پیچھے جا کے کھڑا ہوگیا۔ اور آہستہ سے کہنے لگا

"حضور بڑی مصیبت ہے۔"

وہ لوگ تاش کے کھیل میں اس قدر منہمک تھے کہ انھوں نے سب سُنا، ان سُنا کر دیا۔ صرف میونسپلٹی کے محرّر نے غالباً یہ سمجھ کر کہ میں اس کا کوئی دوست ہوں جو اس کی پُشت پر کھڑا کھیل دیکھ دیکھ کر ہمدردی کا اظہار کر رہا ہوں۔ میری طرف مُڑے بغیر کہا "ہاں بھئی دیکھو نا، عجیب مصیبت ہے۔ کوئی چال ہی سمجھ میں نہیں آتی۔ اگر یہ (ایک پتّے کی طرف اشارہ کر کے) پھینکتا ہوں، تو میرا مخالف رنگ سے کاٹ لے گا۔ اور اگر یہ (دوسرا پتّہ دکھا کے) چلتا ہوں۔ تو اس سے بڑا پتّہ بھی اس کے پاس ہے۔ اور اگر یہ (تیسرا پتّہ دکھا کے) یہ چلتا ہوں..."

میں نے بات کاٹ کے کہا "حضور وہ رامو دھوبی مر گیا۔"

"مرنے دو یار" میونسپلٹی کے محرّر نے غصّے میں چلا کے کہا "یہاں اپنا حکم کا بادشاہ مرا جا رہا ہے۔ تم دھوبی کو چیخ رہے ہو۔"

یکایک وہ میری طرف مُڑا اور جب اس نے اپنی پشت پر کسی آدمی کو نہیں بلکہ ایک گدھے کو کھڑا پایا تو ایک دم خفا ہو کے چپڑاسی سے کہنے لگا۔ اب کیا گدھے بھی ہمارے دفتر میں گھسنے لگیں گے۔ نکالو اس کم بخت کو باہر۔ چپڑاسی نے ڈنڈا مار کے مجھے وہاں سے نکال دیا۔ وہ لوگ پھر تاش کھیلنے میں مصروف ہو گئے۔ میں پھر تھوڑی دیر کے بعد میونسپلٹی کے محرّر کے پاس جا کھڑا ہوا۔ میں نے آہستہ سے اپنے دونوں لمبے کان جوڑ کے اسے نمستے کہی اور بڑے مسکین لہجے میں کہا "حضور وہ رامو دھوبی ـــــ"

محرّر نے مُڑ کے مجھے دیکھا، وہ ایسا بدمعاش آدمی دکھائی دیتا تھا کہ اس نے بولتے گدھے کا بھی کچھ اثر نہ لیا۔ ایسا معلوم ہوتا تھا جیسے زندگی بھر اسے بولتے گدھوں سے پالا پڑتا رہا ہے۔ اس نے میری طرف دیکھ کر بڑے تحکمانہ لہجے میں کہا "جلدی بولو، کیا کام ہے؟"

میں نے عرض کی "گزارش یہ ہے حضور کہ فدوی رامو دھوبی کا گدھا ہے۔ رامو دھوبی تین دن ہوئے جمنا گھاٹ پر کپڑے دھوتے دھوتے ایک مگرمچھ کے حملے کا شکار ہو گیا۔

اس کی بیوہ اور بچے بھوکے ہیں۔۔۔"

"تو میں کیا کر سکتا ہوں" محرر نے چلا کر کہا "میں نے کوئی یتیم خانہ کھول رکھا ہے؟"

میں نے کہا "حضور گھاٹ پر دھوبیوں سے ٹیکس لیتے ہیں۔ پل پر سے جب کوئی گدھا یا بیل یا کوئی اور جانور سامان اٹھائے گزرتا ہے، آپ اس سے چنگی لیتے ہیں، اتنے سارے محصول اور کسٹم آپ وصول کرتے ہیں۔ اور آپ ایک غریب دھوبی کے فاقہ مست گھر کے لئے کوئی انتظام نہیں کر سکتے؟"

"کیوں انتظام کریں۔ دھوبی کو ایک مگر مچھ نے مارا ہے، ہم نے نہیں مارا ہے!"

"واہ۔ یہ بھی خوب رہی۔ اور وہ جو آپ گھاٹ کا ٹیکس جو وصول کرتے ہیں۔ وہ کس لئے؟ گھاٹ پر ٹیکس آپ وصول کریں۔ اور پھر اگر اسی گھاٹ پر کوئی دھوبی کسی جگہ مگر مچھ کا شکار ہو جائے تو اس کا ذمہ دار کون ہوگا؟ کس سے ہم ہرجانہ وصول کریں گے۔ کیونکہ اگر میونسپلٹی گھاٹ گھاٹ کا ٹیکس لیتی ہے تو مگر مچھ سے بچاؤ کا انتظام بھی اسی کو کرنا پڑے گا۔"

محرر بڑا چالاک تھا بولا "دھوبیوں کو چاہئے کہ دریا میں رہ کر مگر مچھ سے بیر مول نہ لیں ورنہ ــــــ ان کا وہی حال ہوگا جو رامو دھوبی کا ہوا۔"

میں نے کہا "آپ بات کو اڑائیے نہیں، صاف صاف بتلائیے آپ کیا کر سکتے ہیں اس معاملے میں۔"

محرر نے دیکھا میں کسی طرح اس کا پیچھا چھوڑنے پر تیار نہیں ہوں تو اس نے ذرا نرم ہو کے کہا "بھائی جہاں یہ واقعہ ہوا ہے۔ وہ جگہ ہماری حدود سے باہر ہے۔ جمنا کا گھاٹ تو دلی میونسپلٹی کے پاس ہے۔ ہماری عمل داری میں نہیں ہے۔ دہلی شہر کے ٹاؤن ہال میں جاؤ۔ چلو بھئی پتہ ــــــ"

وہ لوگ پھر تاش کھیلنے میں مصروف ہو گئے۔ میں نے جمنا پار جانے کی ٹھان لی۔

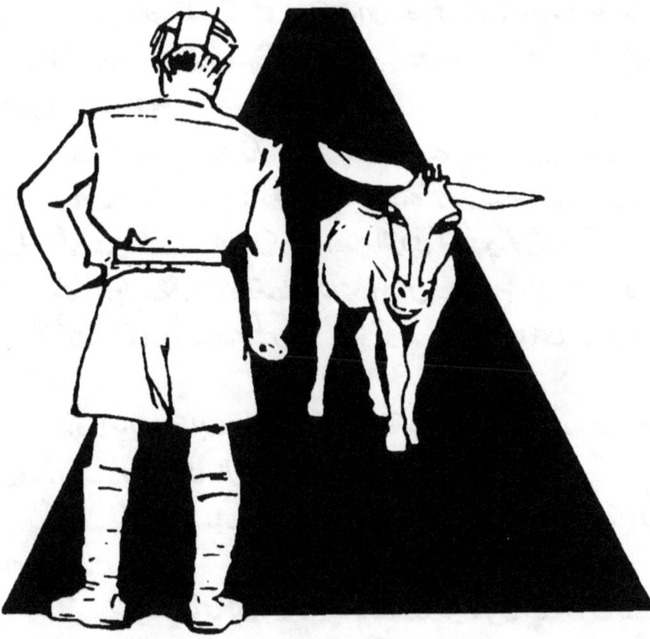

"روپے سے بڑا کون ہے؟" سنتری نے میرا سوال سن کے سر کھجا لیا۔

پُل پار کرتے وقت سنتری نے مجھے روکا بولا "او آوارہ گرد گدھے کدھر جاتا ہے؟"

"ٹاؤن ہال" میں نے کھٹ سے جواب دیا۔

"تیرا مالک کہاں ہے" سنتری نے مجھے گھور کر پوچھا۔

میں نے کہا "میرا مالک کوئی نہیں ہے۔ آج سے میں آزاد ہوں!"

سنتری بولا "یہ کیسے ہو سکتا ہے۔ آزادی کا مطلب یہ تھوڑے ہی ہے کہ ملکیت ہی ختم ہو گئی۔ تیرا کوئی نہ کوئی تو مالک ہو گا۔ جس کا تو حکم مانتا ہے"

میں نے پوچھا "اچھا بتا، تیرا مالک کون ہے۔ جس کا تو حکم مانتا ہے"؟

"ہیڈ کانسٹبل"

"اور ہیڈ کانسٹبل کا مالک کون ہے؟"

"سب انسپکٹر"

"اور سب انسپکٹر کا مالک کون ہے؟"

"انسپکٹر" سنتری نے بگڑ کر کہا "اور کون ہو سکتا ہے۔ انسپکٹر سے اُوپر ڈی، ایس، پی۔ ڈی، ایس، پی سے اُوپر سپرنٹنڈنٹ پولیس۔ اس طرح یہ معاملہ وزیر تک جاتا ہے"

"اور وزیر کا مالک کون ہے؟"

"وزیر کو ریزرو بنک سے تنخواہ ملتی ہے۔ اس لئے ریزرو بنک اس سے بڑا ہوا نا۔"

"اور ریزرو بنک سے بڑا کون ہے؟"

"ریزرو بنک میں روپیہ ہوتا ہے نا" سنتری نے غصّے سے کہا "اتنا بھی نہیں سمجھتے۔ اس لئے ریزرو بنک سے بڑا روپیہ ہوا نا؟"

"اچھا تو روپے سے بڑا کون ہے؟"

"روپے سے بڑا کون ہے؟" سنتری نے میرا سوال سُن کے سر کھجایا۔ چند لمحوں تک خاموش رہا، پھر میری طرف دیکھ کے بولا۔ "روپے سے بڑا کون ہے، یہ

میری سمجھ میں آج تک نہیں آیا۔ تم بتا سکتے ہو؟" سنتری نے مجھ سے پوچھا۔

میں نے کہا "میں تو ایک گدھا ہوں، اس مشکل سوال کا جواب کیسے دے سکتا ہوں تم مجھے ٹاؤن ہال جانے دو۔ کیوں کہ میں رامو دھوبی کی بیوی کے سلسلے میں روپے کی امداد کے لئے وہاں جا رہا ہوں، وہاں جا کے اگر مجھے پتہ چل گیا کہ روپے سے بڑا کون ہے تو تمہیں واپس آ کے ضرور بتا دوں گا۔"

"ضرور؟" سنتری نے بڑی بے چینی سے پوچھا۔

"ضرور!" میں نے وعدہ کرتے ہوئے کہا "مگر تم اس قدر بے قرار کیوں نظر آتے ہو؟"

سنتری نے کہا "کیوں کہ اگر مجھے پتہ چل جائے۔ کہ روپے سے بڑا کون ہے، تو میں اس کے ہاں نوکری کر لوں گا۔"

"آدمی ہوشیار معلوم ہوتے ہو" میں نے سنتری کی تعریف کرتے ہوئے کہا، اور لمبے لمبے ڈگ بھرتے ہوئے جمنا کے اس پار آیا۔ تلاش کرتے کرتے کہیں گھنٹوں بھٹکنے کے بعد ٹاؤن ہال مل گیا۔ ٹاؤن ہال کے اندر گھستے ہی میں نے سوچا کہ اب کے کسی چھوٹے موٹے محرر یا کلرک سے گفتگو کرنے میں وقت خراب ہوگا، سیدھے چل کے میونسپل کمیٹی کے چیرمین سے مل لینا چاہئے۔ اور اب کے رعب ڈالنے کے لئے انگریزی میں گفت گو کرنا ٹھیک رہے گا۔ یہ سوچ کر میں سیدھا انکوائری میں گھس گیا اور کلرک سے بڑی شستہ انگریزی میں بات کرتے ہوئے پوچھا "چیرمین صاحب کا دفتر کدھر ہے؟"

انکوائری کا کلرک ایک گدھے کو انگریزی میں کلام کرتے ہوئے دیکھ کر بھونچکا رہ گیا۔ فوراً اپنی سیٹ سے اُٹھ کھڑا ہوا، اور بڑے مؤدب لہجے میں بولا "حضور۔ پندرہ نمبر کا کمرہ ہے۔ اُدھر لفٹ سے چلے جائیے۔"

اس نے ایک چپڑاسی کو میرے ساتھ کر دیا۔ چپڑاسی نے مجھے حیرت سے دیکھا تو سہی۔ مگر خاموش رہا۔ چپڑاسی نے مجھے لفٹ مین کے حوالے کیا۔ لفٹ مین نے بے حد مؤدب انداز میں لفٹ کا دروازہ کھولا۔ میں نے لفٹ میں داخل ہوتے ہی دیکھا۔ لفٹ کے اندر لکھا تھا "چھ آدمیوں کے لئے" لیکن اس وقت میں اکیلا سفر کر رہا تھا۔ لفٹ مین نے باقی آدمیوں کو باہر ہی روک دیا تھا۔ زندگی میں پہلی بار مجھے احساس ہوا، کہ ایک گدھا برابر ہے چھ آدمیوں کے لفٹ مین نے اوپر جا کے لفٹ روکی۔ میں سیدھا ڈگی چلتا ہوا چیرمین کے دفتر کے باہر پہنچ گیا اور باہر چپڑاسی سے بڑی بارعب آواز میں کہا "صاحب سے کہہ دو۔ مسٹر ڈنکی آف بارہ بنکی تشریف لائے ہیں"

ملاقات کرنا گدھے کا
دہلی میونسپلٹی کے چیرمین سے
اور آزردہ خاطر ہونا چیرمین کا
اور بُلایا جانا فائر بریگیڈ انجن کا

چپراسی کا اشارہ پاتے ہی کمرے کے اندر چلا گیا اور زور سے "گوڈ مارننگ—" داغ دی۔ مجھے ڈر تھا کہیں ہندوستانی زبان میں بات کر دی تو بالکل ہی گدھا نہ سمجھ لیا جاؤں۔ دہلی کے دفتروں کے قلیل سے تجربے نے یہ بات میرے ذہن نشین کرادی تھی کہ انگریزوں کے چلے جانے کے بعد بھی یہاں انگریزی زبان کا راج ہے۔ آپ جب تک اُردو یا ہندی میں گفتگو کرتے رہے دفتری لوگ متوجہ ہی نہیں ہوں گے۔ لیکن جونہی ذرا انگریزی میں دانت دکھائے فوراً یوں پلٹ کر آپ کی بات سُنیں گے جیسے آپ سیدھے ان کے ننہال سے چلے آرہے ہوں، اور بات سُنتے وقت ایسی خوب صورت مُسکراہٹ ان کے چہرے پر ہوگی جیسے کام آپ کو ان سے نہیں اُنھیں آپ سے ہو۔

چیرمین صاحب کا رنگ سانولا، قد ناٹا اور چہرہ بڑا گمبھیر تھا۔ ان کی آنکھوں سے ایسی ذکاوت چالاکی اور دانش مندی کا اظہار ہوتا تھا جو کم سے کم پانچ چھ الیکشن لڑنے کے بعد آنکھوں میں آتی ہے۔ آدمی بڑے گھاگ تھے۔ اس لئے ایک گدھے کو کمرے کے اندر آتے دیکھ کر صرف ایک لمحے کے لئے چونکے۔ پھر فوراً ہی سنبھل گئے، اور اس طرح گفتگو کرنے لگے۔ جیسے ان کا عمر بھر انگریزی بولنے والے گدھوں ہی سے واسطہ پڑتا رہا ہو۔

"تشریف رکھئے" آپ نے مسکرا کے فرمایا۔

میں نے کہا "اگر میں تشریف رکھوں گا تو آپ کی یہ آرام کرسی ضرور ٹوٹ جائے گی، اس لئے کھڑا ہی رہوں گا۔"

چیرمین صاحب مسکرائے، کیوں کہ میں نے بات واقعی ٹھیک کہی تھی۔ ایک قلیل وقفے کے بعد پھر بولے "آپ کو یہ سوانگ بھرنے کی کیا ضرورت تھی۔ آپ سیدھے سادھے کپڑوں میں بھی میرے پاس آسکتے تھے۔"

میں نے کہا "حضور یہ سوانگ نہیں ہے حقیقت ہے۔"

"خیر اپنا اپنا ذوق ہے۔" چیرمین نے ذرا آزردہ خاطر ہو کے کہا "میں کون ہوں بولنے والا اور جب سے یہاں دلی میں ایک صاحب نے دن میں لالٹین اور گھنٹی لے کر الیکشن لڑا ہے، میں نے تو اعتراض کرنا ہی چھوڑ دیا ہے۔ آپ بھی چاہیں تو گدھے کا بہروپ بھر کر الیکشن لڑ سکتے ہیں۔ اگر اس میں آپ کو زیادہ ووٹ ملتے ہوں تو کیا مضائقہ ہے؟"

میں نے کہا "حضور میں کوئی بہروپیا نہیں ہوں، واقعی ایک گدھا ہوں۔ آپ میری بات کا یقین کیجیے۔"

چیرمین صاحب کو پھر بھی اعتبار نہیں آیا بولے "چھوڑیئے ان باتوں کو۔ میں چھ الیکشن آج تک لڑ چکا ہوں، اور کبھی ہار نہیں مانی، میں سب جانتا ہوں، خیر۔ آپ بتائیے۔ آپ کون سے وارڈ سے آئے ہیں؟"

"جی میں فی الحال تو کرشن نگر وارڈ سے آیا ہوں۔"

"ہم" چیرمین صاحب نے سرہلا کے کہا اور اپنی چندیا کے گرد سفید بالوں پر اس طرح ہاتھ پھیرا جس طرح فلم گرہستی میں دکھیا باپ کسی مصیبت میں گھر جانے پر پھیرتا ہے۔ "آپ کرشن نگر کے وارڈ سے کھڑے ہو رہے ہیں۔ اچھا بتایئے کون سی پارٹی نے آپ کو نامزد کیا ہے۔ کانگریس نے، جن سنگھ نے، پرجا سوشلسٹ پارٹی نے، کمیونسٹوں نے۔ میرا مطلب ہے آپ کس پارٹی کے اُمیدوار ہیں؟"

میں نے کہا "جی میں تو آپ کی نگاہِ کرم کا امیدوار ہوں۔"

چیرمین صاحب مُسکرائے۔ سمجھ گئے کسی بہت چالاک آدمی سے پالا پڑا ہے۔ بولے "بس آپ بنئے نہیں۔ صاف صاف بتایئے۔ کیا کام ہے۔ اگر مجھ سے کچھ ہو سکا تو ضرور کروں گا۔ مگر ایک شرط ہے، اگر آپ الیکشن جیت گئے۔ چاہے کسی پارٹی ـــــ"

"دیکھئے" میں نے ٹوکنا چاہا مگر وہ بولتے ہی چلے گئے۔

"چاہے کسی پارٹی کی طرف سے جیتیں، چیرمین کے عہدے کے لئے ووٹ تو مجھی کو دینا ہوگا۔ لایئے ہاتھ۔ لالہ سنت رام جی" انھوں نے ہاتھ مانگا میں نے اپنا کان آگے بڑھایا چیرمین صاحب نے میرا کان زور سے دبایا تو معلوم ہوا کہ یہ تو سچ مچ گدھے کا کان ہے کسی بہروپئے کا لباس نہیں ہے۔ بہت گھبرائے۔ سگار ان کے مُنہ سے چھوٹ کے میز پر کاغذوں میں جا گرا۔ آن واحد میں کاغذوں میں آگ لگ گئی۔

"دیکھئے" میں نے معذرت پیش کرتے ہوئے کہا "میں تو کب سے کہہ رہا ہوں۔ میں ایک گدھا ہوں۔ مگر آپ میری سُنتے ہی نہیں۔"

چیرمین نے آگ بجھاتے ہوئے بڑے غصّے سے کہا "میں آپ کو لالہ سنت رام سمجھتا تھا کرشن نگر کا کانگریسی اُمیدوار۔"

میں نے کہا "میں آپ کو لالہ سنت رام دکھائی دیتا ہوں؟"

وہ بولے "کچھ لوگ باہر سے گدھے دکھائی دیتے ہیں۔ کچھ لوگ اندر سے گدھے ہوتے ہیں۔ میں نے سمجھا، ممکن ہے آپ اندر اور باہر دونوں طرف سے گدھے ہوں تو مجھے اپنے چیرمین کے عہدے کے لیے بہت جلدی ووٹ مل جائے گا۔ مگر اُف وہ تم نے میرا کتنا وقت برباد کیا ہے۔"

میں نے کہا "آپ نے میری بات تو سُنی نہیں، میں دراصل رامو دھوبی مرحوم کے غریب بال بچوں۔۔۔"

چیرمین نے زور سے گھنٹی بجاتے ہوئے کہا "اس وقت تم مجھ سے کوئی بات نہ کرو۔ چاہے دِلّی کے سارے دھوبی مرجائیں۔ دیکھتے نہیں ہو۔ کیسی آگ لگی ہے۔"

واقعی آگ بھڑک رہی تھی۔ چیرمین نے گھنٹی بجائی۔ جلدی سے فائر بریگیڈ والوں کو ٹیلیفون کر دیا۔ میں نے بھی کمرے سے باہر نکل کر برآمدے میں کھڑے ہو کر ہانک لگائی تھوڑے ہی عرصے میں ٹناٹن کی آوازوں کے ساتھ فائر بریگیڈ کے دو انجن آ پہنچے۔ ان لوگوں نے سب سے پہلے تو مجھے لات مار کے وہاں سے نکال دیا، پھر آگ بجھانے لگے۔ میں نے سوچا یہاں رہوں گا تو ممکن ہے آگ لگانے کے جرم میں گرفتار کر لیا جاؤں، فوراً وہاں سے بگٹٹ بھاگا اور سیڑھیوں کے نیچے آ کے دم لیا۔ کیوں کہ اب لفٹ کام نہ کرتی تھی نیچے آ کے انکوائری میں ایک بڈھے لیکن بے حد ہمدرد کلرک سے جان پہچان ہوئی۔ اسے رامو کا سارا قصہ سُنایا۔ بڈھے کلرک کی آنکھوں میں آنسو آ گئے۔ اس نے ظالم سماج، بے رحم نظامِ زندگی اور سرمایہ داری کو لاکھوں صلواتیں سُنانے کے بعد ہولے سے میرے کان میں کہا "اگر تم دو روپے مجھے دو۔ تو میں تمھاری عرضی لکھ کے REHABILITATION کے دفتر میں مدد کے لیے بھجوائے دیتا ہوں۔"

میں نے کہا "میں تو دھوبی کا گدھا ہوں، نہ گھر کا نہ گھاٹ کا۔ میرے پاس دو روپے کہاں اور پھر تم جانتے ہو، دو روپے میں دو من گھاس آتی ہے۔ چھ سیر باجرہ، تین سیر چاول۔"

"لیکن دمے کا ایک ہی انجکشن آتا ہے۔" کلرک نے بڑی افسردگی سے کھانستے ہوئے کہا "اور مجھے دمے کا عارضہ ہے، اور ہر روز ایک انجکشن لینا پڑتا ہے۔"

بڈھا کلرک افسردگی سے کھانستا رہا۔ میں وہاں سے چلا آیا۔

۳۶

ناامید ہوکر لوٹنا گدھے کا میونسپلٹی سے
اور جانا نوآبادکاری کے دفتر میں
اور ملاقات کرنا
اک حور شمائل بُتِ طنّاز سے

پوچھتا پوچھتا آخر میں آبادکاری کے دفتر میں پہنچ گیا۔ دفتر میں گھستے ہی ایک بہت بڑا خوب صورت سجا ہوا کمرہ نظر آیا جس کے وسط میں ایک بہت بڑی تپائی پر ایک بہت بڑے گلدان میں خوب صورت پھول سجے ہوئے تھے۔ ایک کونے میں ٹیلی فون ایکسچنج لگا تھا جس کے قریب ایک حسین وجمیل لڑکی اپنے ناخن رنگنے میں مصروف تھی۔ ٹیلی فون ایکسچنج کی میز پر لپ اسٹک کریم پاؤڈر کی ڈبیاں اس طرح بکھری پڑی تھیں کہ میں نے سوچا یہ نہ ہو میں غلطی سے آبادکاری کے دفتر میں آنے کے بجائے میکس فیکٹری (MAXFACTOR) کی دوکان میں گھس آیا ہوں۔ چنانچہ میں زیرِلب معذرت چاہتے ہوئے باہر نکلنے ہی والا تھا کہ لڑکی نے اپنی بڑی بڑی پلکیں اٹھاکر جاذب نظر نگاہوں سے مجھے دیکھتے ہوئے کہا "یس پلیز"

میں نے جھجکتے ہوئے کہا "میں ـــــ مدد کے لئے ـــــ آیا ہوں"

لڑکی نے سوچ دبایا۔ ٹیلی فون پر بولی "رام لُبھایا۔ ایک آدمی تم سے ملنا چاہتا ہے"

ٹیلی فون بگڑا ہوا تھا، یا جانے کیا معاملہ تھا۔ بہر حال سُننے والے اور سُنانے والے دونوں کی آوازیں ٹیلی فون پر صاف سُنائی دے رہی تھیں۔ جب لڑکی نے رام لُبھایا سے کہا "ایک آدمی تم سے ملنا چاہتا ہے" تو اُدھر سے آواز آئی "میں اس وقت لسّی پی رہا ہوں۔ اسے فرسٹ کلرک کے پاس بھیج دو"

لڑکی نے اپنے ہونٹوں پر لپ اسٹک لگایا، اور فرسٹ کلرک کو ٹیلی فون کیا۔

"کون؟" اُدھر سے آواز آئی۔

"میں ہوں، نرملا"

"ہائے میری جان!" فرسٹ کلرک نے اُدھر سے بھینس کی طرح آہ بھری!

"سُنو" نرملا بولی۔ "ایک بے چارہ غریب...."

فرسٹ کلرک نے کہا "یہاں سب ہی غریب آتے ہیں۔ تم بتاؤ۔ تمھاری آواز اس قدر دل کش کیوں ہے، جی چاہتا ہے۔ اسے سُنتا ہی چلا جاؤں، نرملا۔ نرمل۔ نرمی.... آج شام کو سینما...."

لڑکی نے ٹیلی فون بند کر دیا۔ اس کے بعد اس نے اپنے رخساروں پر غازہ لگایا اور اب کے ڈپٹی سپرنٹنڈنٹ کو ٹیلی فون کیا۔

ڈپٹی سپرنٹنڈنٹ نے کہا "نہیں مِس نرملا۔ اس وقت میرے پاس کوہاٹ کے رفیوجی سردار دربارا سنگھ ملٹری کانٹریکٹر بیٹھے ہیں بے چاروں کا سب کچھ لٹ گیا۔ اس وقت ان کے سات لاکھ کے کلیم کی پڑتال کر رہا ہوں، انھیں آگے کسی دوسرے کے پاس بھیج دو۔ میں تو اس وقت بہت مصروف ہوں"

"بہت اچھا" کہہ کے لڑکی سوچ گرانے والی تھی کہ اُدھر سے آواز آئی۔

لڑکی نے سوئچ دبایا۔ ٹیلی فون پر بولی "رام لبھایا۔ ایک
آدمی تم سے ملنا چاہتا ہے۔"

"ہلو، نرملا"

"جی"۔

"بھئی وہ ساڑھی تمھیں پسند آئی" ڈپٹی سپرنٹنڈنٹ پوچھ رہا تھا۔

"جی، وہی پہنے ہوئے ہوں!" نرملا ذرا شوخی سے بولی۔ اور سوئچ گرا دیا۔ اس کے بعد اس نے آئینے میں اپنی صورت دیکھی۔ مسکرائی۔ آخر میں اس نے اپنے چہرے پر پاؤڈر لگایا اور سوئچ دبا کے سپرنٹنڈنٹ کو ٹیلی فون کیا۔

"جی دیکھئے!" لڑکی بولی۔

اُدھر سے آواز آئی" ہائے کس طرح دیکھوں تم کو۔ ٹیلی فون پر تم کو کیسے دیکھوں یہاں آجاؤ نا"۔

نرملا کھلکھلا کے ہنس پڑی۔ بولی "ایک غریب آدمی مدد کے لئے ——"

"ارے ہم بھی تو کسی کی مدد کے طالب ہیں" سپرنٹنڈنٹ زور سے آغا حشر کے سٹائل میں بولا۔

نرملا نے ذرا بن کے اور تن کے کہا "دیکھئے یہ دفتر کا وقت ہے اور...."

"تم نے خوب یاد دلایا" سپرنٹنڈنٹ ادھر سے بولا" ابھی ابھی دفتر میں حکم آیا ہے کہ دفتر میں ملازم شدہ عورتیں اگر شادی کریں گی تو انھیں کسی وقت بھی ملازمت سے علیحدہ کیا جا سکتا ہے۔ بولو۔ اب کیا کہتی ہو؟"

نرملا بولی "میں نے شادی کا ارادہ ترک کر دیا ہے"۔

ادھر سے سپرنٹنڈنٹ نے اطمینان کا سانس لیا۔ بولا "فلپس کا ریڈیو سٹ ——"

"جی شکریہ۔ مگر آپ ذرا دو منٹ اس غریب سے بات تو کر لیجئے"۔

"کون ہے؟"

"ایک گدھا ہے!"

سپرنٹنڈنٹ نے خوب زور کا قہقہہ لگایا، تم بھی خوب مذاق کرتی ہو۔ خیر بھیج دو اسے اندر۔ اگر گدھا نہ بھی ہوا تو اس کے دونوں کان کھینچ کر اسے گدھا بنا دوں گا۔"

" جائیے"، لڑکی نے ایک ناخن منہ میں دباتے ہوئے میری طرف بڑی شریر نگاہوں سے دیکھتے ہوئے کہا۔ اس طرح کہ اگر میں گدھا نہ ہوتا۔ آدمی ہوتا، تو ضرور اس پر عاشق ہو جاتا۔

سپرنٹنڈنٹ مجھے دیکھ کر پہلے تو خوب ہنسا پھر اس نے ٹیلی فون اُٹھا کر اس عملی مذاق پر نرملا کو خوب خوب داد دی۔ پھر وہ ذرا آگے آیا۔ اور میرا کان مروڑ کر بولا " بولئے مسٹر خر، اب میں کیوں نہ آپ کو لات مار کر دفتر سے باہر نکال دوں؟"

میں نے کہا" آپ مجھے نہیں نکال سکتے، اس لئے کہ میں آپ کے پاس ایک عرضداشت لے کے آیا ہوں۔"

سپرنٹنڈنٹ حیرت سے تقریباً بے ہوش ہو گیا۔ آخر بڑی مشکل سے بولا " پھر کہئے۔ پھر کہئے۔ آپ کیا کہہ رہے ہیں۔"

میں نے دُہرایا۔

آخر بڑی مشکل سے یہ بات اس کی سمجھ میں آئی کہ میں واقعی بولتا ہوں۔ کہنے لگا " مگر آپ کا لب و لہجہ تو مجھ سے بھی اچھا ہے۔"

" اس لئے کہ میں لکھنؤ کے آس پاس کا ہوں" میں نے جواب دیا " اور آپ غالباً پنجاب کے ہیں۔"

" جی ہاں " سپرنٹنڈنٹ بولا " میں پنڈ دادخاں کا ہوں " ایک لمبے وقفے کے بعد بولا " فرمایئے کیا کام ہے؟"

" دیکھئے" میں نے کہا " میں ایک سلسلے میں مدد کے لئے حاضر ہو رہا ہوں۔"

" آپ رفیوجی ہیں؟"

" نہیں تو؟ "

"تو پھر آپ یہاں کیا کرنے آئے ہیں؟" سپرنٹنڈنٹ نے ذرا خفا ہو کے مجھ سے کہا۔

"مدد کے لئے آیا ہوں۔"

"یہاں صرف رفیوجی لوگوں کو مدد دی جاتی ہے۔ جو پاکستان سے غریب اور نادار ہو کے آئے ہیں۔"

"اور اگر کوئی ہندوستان ہی میں غریب اور نادار ہو جائے تو وہ مدد کے لئے کہاں جائے۔"

"یہ تو میں نہیں کہہ سکتا" سپرنٹنڈنٹ نے اور بھی خفا ہو کے کہا "کم از کم اس محکمے میں تو آپ آ نہیں سکتے۔ کوئی اور گھر دیکھئے۔"

سپرنٹنڈنٹ نے گھنٹی بجائی۔

چپراسی نے مجھے باہر نکال دیا۔

باہر نکلتے ہوئے پھر مجھے وہی حور شمائل نظر آئی۔ میری مایوس نگاہیں دیکھ کر بولی

"کیوں کام نہیں بنا؟"

میں نے سارا قصہ سنایا۔

وہ بولی "سپرنٹنڈنٹ ٹھیک کہتا ہے۔ تم اگر پاکستان سے آئے ہوتے پھر چاہے گدھے ہی کیوں نہ ہوتے، تمھیں یہاں سے مدد مل جاتی۔ اب تو تمھیں ڈیپارٹمنٹ آف لیبر اینڈ انڈسٹریز میں جانا پڑے گا۔"

"وہ کہاں ہے؟"

اس بُتِ طنّاز نے ازراہِ عنایت مجھے مکمل پتہ دے دیا اور میں اس کا شکریہ ادا کرتے ہوئے آبادکاری کے دفتر سے نکلا اور مزدوروں کے محکمے کی طرف لمبے لمبے ڈگ بھرتا ہوا چلا گیا۔

جانا گدھے کا
ڈیپارٹمنٹ آف لیبر اینڈ انڈسٹریز میں
اور ملاقات کرنا
شری پی، کیو، رنگا چاری اور وائی، زیڈ سبرامنیم سے

پی، کیو، رنگا چاری تامل ناڈ کا رہنے والا تھا۔ وہ سنسکرت بنارس کے پنڈتوں کی طرح بولتا تھا، اور انگریزی آکسفورڈ کے معلموں ایسی۔ ہندی، ہندی ساہتیہ سمیلن کے جوشیلے مقرروں کی طرح اور اردو مولانا ابوالکلام آزاد کی طرح استعمال کرتا تھا۔ وہ دس زبانیں جانتا تھا۔ اور دس اور سیکھ رہا تھا۔ اس نے اپنی زندگی ایک معمولی کلرک کی حیثیت سے شروع کی تھی اور آج وہ ڈیپارٹمنٹ آف لیبر اینڈ انڈسٹریز میں ڈپٹی سکریٹری کے عہدے پر فائز تھا۔ اسے ہر معاملے میں مین میخ نکالنے میں اس قدر ملکہ حاصل ہو چکا تھا کہ اس کے عہدِ حکومت میں ہر فائل دس سال تک مختلف دفتروں اور میزوں کے گرد چکر ہی لگاتی رہتی تھی، اور جب تک اس کی ترقی نہ ہو جائے فائل بھی آگے ترقی نہ کر سکتی تھی۔ اپنی انہی قانونی مین میخ کے باعث وہ

ڈپٹی سیکریٹری کے عہدے تک پہنچ چکا تھا۔ اور اب جائنٹ سیکریٹری بننے کے خواب دیکھ رہا تھا۔ پی، کیو، رنگا چاری ایسے آدمی کبھی نہیں رک سکتے۔ ان کے دفتر کی ساری فائلیں رک جائیں مگر وہ خود کبھی نہیں رُک سکتے۔

پی، کیو، رنگا چاری نے بڑے غور سے اور بڑے صبر سے میری عرضداشت کو سُنا۔ کاغذ پر باقاعدہ پنسل سے کچھ درج کرتا رہا۔ آخر جب سُن چکا تو اس نے اپنے دوست جائنٹ سکریٹری وائی زیڈ سبرامنیم کو بُلایا جو اس کی طرح تامل ناڈو کا رہنے والا تھا، اور پچیس زبانیں، دس سہائے دار اور دو وزیروں کو اچھی طرح جانتا تھا۔

پی، کیو رنگا چاری نے کہا "وائی زیڈ سُنو۔ یہ بڑا مشکل مقدمہ ہے۔"

"کیا؟" وائی زیڈ سبرامنیم میری طرف بڑے غور سے دیکھتے ہوئے بولا۔

"ایک دھوبی مر گیا ہے، اور یہ اس کا گدھا ہم سے ہرجانہ مانگتا ہے۔"

"پھر؟"

رنگا چاری بولا "قانونی نقطۂ نگاہ سے ایک گدھا کسی محکمے میں عرضی نہیں گزار سکتا اور ہم اس عرضی کا کوئی نوٹس نہیں لے سکتے کیوں کہ گدھا انسان نہیں ہے۔ از روئے قانون وہ انسانوں کی عدالت میں کوئی شکایت نہیں کر سکتا۔"

میں نے کہا "سوال میری گھاس کا نہیں ہے۔ آپ کی عقل کا ہے رامو کی بیوی اور بچے بھوکے ہیں۔ کیوں؟ اگر سرکار اس دھوبی کے گھاٹ کی ٹھیک سے حفاظت کرتی۔ تو وہ آج یوں نہ مرتا۔"

وائی زیڈ، سبرامنیم نے کہا "چلو پی، کیو۔ اس نکتے کو گول کرو۔ فرض کرو کہ یہ درخواست جس پر رامو کی بیوی کا انگوٹھا لگوایا جا سکتا ہے۔ قابلِ اندراج ہے، پھر؟"

پی، کیو بولا "پھر دوسرے نکتے پر غور کرو۔ مان لیا ایک گدھا ایک دھوبی کے خاندان کا سرپرست بن سکتا ہے۔ ہم نے بڑے بڑے خاندانوں میں اس سے بڑے گدھوں کو

سرپرست ہوتے دیکھا ہے۔ یہ تو مجھے پڑھا لکھا گدھا معلوم ہوتا ہے۔ چلو اس بات کو مان لو۔ اب سوال پیدا ہوتا ہے، کیا یہ دھوبی مزدور ہے؟"

"ہرگز نہیں" وائی زیڈ سبرانیم نے سر ہلا کے کہا۔

میں نے کہا "دھوبی اگر مزدور نہیں تو کیا ہے؟ بے چارہ صبح سے شام تک آٹھ گھنٹے کے بجائے بارہ گھنٹے کام کرتا ہے۔ جب جا کے اسے دو وقت کی روٹی نصیب ہوتی ہے" "لیبر ایکٹ کی دفعہ اکیاون کے تحت مزدور وہ ہے جو کسی کارخانے میں کام کرے، کیا تم دھوبی گھاٹ کو کارخانہ کہہ سکتے ہو، سبرانیم؟"

"ہرگز نہیں رنگا چاری! یہ دھوبی تو مزدور ہو ہی نہیں سکتا۔ اس لئے اسے نہ تو ہرجانہ مل سکتا ہے نہ پراویڈنٹ فنڈ۔ نہ کوئی امدادی رقم کسی مد ہی سے دی جا سکتی ہے۔ نہ کوئی مقدمہ کھڑا ہو سکتا ہے۔"

"تو پھر؟" رنگا چاری، سبرانیم کا منہ دیکھنے لگا۔ اور سبرانیم رنگا چاری کا اور میں ان دونوں کا یکایک ان دونوں کے دل میں ایک ہی خیال آیا اور وہ دونوں خوشی سے اچھل پڑے میں مسرت سے باغ باغ ہو گیا کہ اب بے چارے رامو دھوبی کی فیملی کا کچھ بھلا ہو جائے گا۔

"مگر ایک نقطہ قابل غور ہے" رنگا چاری بولا "اگر یہ دھوبی مزدور نہیں ہے۔ تو پھر کون ہے؟ اس کی قانونی حیثیت واضح ہونی چاہیے، ورنہ ہر روز دھوبی گھاٹ پر مرتے رہیں گے اور ہمارے لئے مصیبت کھڑی کرتے رہیں گے۔"

سبرانیم بولا "میرے خیال میں اس گدھے کی عرضی لے کر ایک فائل چلا دینی چاہئے" رنگا چاری نے میرے ہاتھ سے درخواست لے لی۔ میں نے اس کے دونوں ہاتھ اپنے دونوں کانوں میں لے کر کہا "شکریہ۔ رنگا چاری صاحب۔ آپ کا ہزار بار، لاکھ بار شکریہ۔ آپ نے ایک غریب دھوبی کے خاندان کو بھوکا مرنے سے بچا لیا۔ میں اس عرضی کا فیصلہ سننے کے لئے کب آؤں؟"

رنگا چاری نے کہا "ہم مجبور ہیں - قانون کی رو سے بالکل مجبور ہیں -
ورنہ ہماری ہمدردی بالکل تمھارے ساتھ ہے "

رنگا چاری نے سبرامنیم کی طرف دیکھا۔ سبرامنیم نے رنگا چاری کی طرف۔ آخر رنگا چاری بولا۔ "فائل تو آج ہی چلنی شروع ہو جائے گی۔ درجہ سوم کے کلرک سے درجہ اوّل کے کلرک تک آئے گی۔ پھر ہر میز پر اس کی نوٹنگ ہوگی۔ فرسٹ کلرک سے ڈپٹی سپرنٹنڈنٹ سے سپرنٹنڈنٹ تک ہر شخص اپنی رائے دے گا۔ یہ رائے چلتی چلتی میزوں پر سے گزرتی ہوئی میرے پاس آئے گی میں ڈپٹی سکریٹری ہوں، مجھ سے جائنٹ سکریٹری کے پاس جائے گی۔ جائنٹ سکریٹری سے سکریٹری کے پاس۔ سکریٹری اسے ڈپٹی وزیر کے پاس بھیجے گا۔ ڈپٹی وزیر بڑے وزیر کے پاس لے کے جائے گا۔ مگر معاملہ بڑا ٹیڑھا ہے۔ سوال رامو دھوبی کے مرجانے کا اتنا نہیں ہے۔ سوال یہ ہے۔ دھوبی مزدور ہوتا ہے کہ نہیں۔ ممکن ہے اس سلسلے میں کامرس منسٹری سے استصواب کرنے کی بھی ضرورت پڑے۔ پھر یہ سوال بھی ہے کہ دھوبی مزدور ہے تو موچی مزدور کیوں نہیں، کمہار مزدور کیوں نہیں۔ اگر ایک رامو کو ہرجانہ ملے گا تو لاکھوں راموؤں کے لئے ریزر بنک ہرجانہ کہاں سے لائے گا۔ اس کے لئے فنانس ڈیپارٹمنٹ سے بھی پوچھنا پڑے گا۔ ممکن ہے فنانس ڈیپارٹمنٹ اس بنیادی سوال کو وزیر اعظم کے سامنے رکھے اور وزیر اعظم پارلیمنٹ میں اس سوال کو رکھیں۔ ممکن ہے اسی وجہ سے ہمارے دستور کی کسی دفعہ میں کوئی تبدیلی بھی ہو جائے۔" رنگا چاری نے اپنی انگلیوں پر گنتے ہوئے مجھ سے کہا "میرے خیال میں تم اگر دس سال کے بعد آؤ۔ تو اس فائل کا ضرور کوئی نہ کوئی فیصلہ ہو جائے گا۔"

"جب تک رامو کے بیوی بچے کیا کریں؟"

رنگا چاری نے کہا "ہم مجبور ہیں۔ قانون کی زد سے بالکل مجبور ہیں۔ ورنہ ہماری ہمدردی بالکل تمہارے ساتھ ہے۔"

سبرامنیم بولا "میں سمجھتا ہوں۔ رنگا چاری۔ نکتہ اصل میں یہ نہیں ہے کہ دھوبی مزدور ہے کہ نہیں۔ اصل چیز دریافت کرنے کی یہ ہے کہ رامو کو کس نے مارا؟"

"ایک مگرمچھ نے" میں نے غصّے سے چلاّ کے کہا۔

"ایک مگرمچھ نے" میں نے غصّے سے چلاّ کے کہا۔

"ایک مگرمچھ نے؟" سبرامنیم نے خوشی سے چلاّ کے کہا "تو پھر یہ معاملہ ہمارے محکمے سے بالکل تعلق نہیں رکھتا۔ اس کا تعلق تو براہِ راست مچھلیوں کے ڈیپارٹمنٹ سے ہے۔ DEPARTMENT OF FISHERIES سے۔ براہِ مہربانی آپ فوراً مچھلیوں کے ڈیپارٹمنٹ میں جائیے۔ ان کا تعلق ہر قسم کی مچھلیوں سے ہے۔ جن میں مگرمچھ بھی شامل ہیں۔"

رنگاچاری نے سبرامنیم کے ہاتھ پر ہاتھ مار کر رشک اور حسد کے ملتے جلتے جذبات سے کہا "واہ! کیا نکتہ ڈھونڈ کے نکالا ہے۔ کیوں نہ ہو بھائی۔ اسی لئے تو میں ابھی تک صرف ڈپٹی سکریٹری ہوں۔ اور تم جائنٹ سکریٹری ہو۔"

میں چپکے سے ہاتھ میں عرضی لئے باہر نکل گیا۔

جانا گدھے کا
مچھلیوں کے ڈیپارٹمنٹ میں
اور دیگر احوال مچھلیوں کے انڈوں کا
اور ایک اینگلو انڈین شکاری کا

مچھلیوں کے ڈیپارٹمنٹ میں مچھلی مارکیٹ کا سا شور وغل تھا۔ کان پڑی آواز سنائی نہیں دیتی تھی۔ اب تک میں دفتری کارروائی کا خاصہ عادی ہو چکا تھا۔ اس لئے میں نے پہلے کونے کی پہلی کھڑکی سے شروع کیا۔

پہلے کلرک نے کہا "میں تو صرف مچھلیوں کے انڈوں کی فائلیں لیتا ہوں آپ آگے جائیے۔"

دوسرے کلرک نے کہا "میرے پاس تو صرف مچھلیوں کے ذخیروں کے متعلق معلومات ہیں۔ وہ بھی صرف تین قسم کی مچھلیوں کے متعلق۔ راہو، سامن اور پام فربٹ۔ آپ نے کیا نام بتایا؟"

"رامو؟" میں نے آہستہ سے دہرایا۔

کلرک نے انکار میں سر ہلا کے کہا "اس نام کی کوئی مچھلی ہمارے پاس نہیں ہے۔ آگے جائیے۔"

"مگر ـــــ" میں نے تشریح کرنی چاہی۔

کلرک نے سر ہلا کے کہا "بے کار بحث مت کرو۔ آگے جاؤ۔"

تیسرے کلرک سے میں نے چھوٹتے ہی کہا "صاحب مگرمچھ ہے....."

تیسرا کلرک بولا "شارک مچھلی کے تیل کے بارے میں یا جاپانی ٹرالر کو کرائے پر لینے کے بارے میں اگر آپ پوچھنا چاہیں تو پوچھ سکتے ہیں، ورنہ آگے جائیے۔"

چوتھے کلرک تک پہنچتے پہنچتے میرے غصے کا پارہ خوب بڑھ چکا تھا۔ یہاں ایک بڈھا مسکین صورت کلرک اپنی چونچ سی ناک نکالے ایک بڑا سا رجسٹر کھولے اونگھ رہا تھا۔

میں نے کہا "سنو، اور تمہیں سننا پڑے گا۔ بات یہ ہے کہ ایک دھوبی کو ایک مگرمچھ نے کھا لیا ہے۔"

بڈھے کلرک نے اپنے کانوں پر ہاتھ رکھ کر پوچھا "آں؟ کیا کہتے ہو؟"

میں نے چلّا کے کہا "ایک دھوبی کو ایک مگرمچھ نے کھا لیا ہے۔"

بڈھے کلرک کے احمقانہ چہرے پر ایک عجیب سی مسکراہٹ آئی۔ بولا "ایک دھوبی نے ایک مچھلی کو کھا لیا ہے؟ تو کیا ہوا؟ بہت سے دھوبی مچھلی کھاتے ہیں۔ نہ کھائیں تو ہمارا محکمہ کیسے چلے گا۔"

میں نے کہا "دھوبی نے نہیں۔ مگرمچھ نے دھوبی کو کھا لیا ہے۔"

وہ بولا "دھوبی نے نہیں، مگرمچھ نے مچھلی کو کھا لیا ہے! اچھا! اچھا! تو اس میں شکایت کی کیا بات ہے۔ بہت سے مگرمچھ مچھلیاں کھاتے ہیں، نہ کھائیں تو زندہ کیسے رہیں؟"

میں نے زور سے چلّا کے کہا "سنو۔ مچھلی نہیں مگرمچھ۔"

وہ بولا "اچھا ایک مگرمچھ...."

میں نے اسے سمجھاتے ہوئے کہا "اور ایک دھوبی۔ یاد رکھو۔ ایک دھوبی۔ ایک مگرمچھ۔"

وہ بولا "ایک دھوبی، ایک مگرمچھ، اب آگے چلو ـــــ"

میں نے کہا "دھوبی گھاٹ پر کپڑے دھوتا تھا۔"

وہ بولا "اچھے کپڑے دھوتا تھا؟"

میں نے چلا کے کہا "اچھے دھوتا تھا کہ برے دھوتا تھا، تمھیں اس سے کیا مطلب؟"

وہ بولا "میرا دھوبی بہت برے کپڑے دھوتا ہے۔ اگر تم سفارش کرو تو میں تمھارے دھوبی کو۔"

میں نے بالکل بھنا کے کہا "تم پوری بات نہیں سنو گے ـــــ"

وہ بولا "اچھا سناؤ۔ ایک دھوبی ایک مگرمچھ۔ وہ دھوبی گھاٹ پر کپڑے دھوتا تھا۔ پھر؟"

میں نے کہا "استے میں ایک مگرمچھ آیا" اس نے دھوبی کی ٹانگ پکڑلی۔"

"کیا پکڑی؟ ذرا اونچا بولو، میں کم سنتا ہوں۔" وہ بولا۔

"ٹانگ! ٹانگ! میں نے چلا کے کہا۔

"مرغ کی" کلرک خوشی سے چلایا۔

"مرغ کی نہیں دھوبی کی ٹانگ۔"

"دھوبی کی ٹانگ میں نے کبھی نہیں کھائی۔" بڈھے کلرک نے افسوس سے سر ہلا کے کہا "کیسی ہوتی ہے؟"

میں نے بالکل جھلا کے کہا "ارے دھوبی کی ٹانگ نہیں۔ مگرمچھ آیا، جب بے چارہ دھوبی کپڑے دھو رہا تھا وہ پکڑ کے کھا گیا! سمجھے؟"

"ہاں! ہاں۔ اب سمجھ گیا" کلرک نے سر ہلا کر کہا "دھوبی کپڑے دھوتا تھا، استے

میں ایک مگرمچھ آیا اور دھوبی کے کپڑے کھا گیا۔" میں نے اس کی طرف بڑے غصے میں دیکھا۔ اور پھر اگلی کھڑکی کی طرف بڑھ گیا۔

یہاں پر ایک ادھیڑ عُمر کا اینگلو انڈین اپنے گنجے سر پر نیلی وریدوں کا اُبھرا ہوا جال لئے بیٹھا تھا۔ اس کی ناک سے معلوم ہوتا تھا کہ اس وقت بھی تھوڑی سی پیئے ہوئے ہے۔ بظاہر بہت خوش مزاج معلوم ہوتا تھا۔ مجھ سے بڑی خندہ پیشانی سے پیش آیا۔ کہنے لگا " فرمایئے میں آپ کے لئے کیا کر سکتا ہوں؟"

میں نے دل میں سوچا کہیں یہ بھی اس بڈھے کلرک کی طرح گڑبڑا نہ جائے، اس لئے میں نہایت آہستہ آہستہ بیان کر کے سارا واقعہ اس کے ذہن نشین کراؤں گا۔

اس لئے میں نے کہا " سُنئے۔ ایک مگرمچھ ہے"۔

اینگلو انڈین صاحب کی آنکھیں ایک دم چمک اُٹھیں۔ بولا ـــــ "کدھر ہے؟"

میں نے کہا " جمنا گھاٹ پر"۔

وہ بولا " جمنا پر تو بہت سے گھاٹ ہیں۔ مگر وہ کدھر ہے؟"

اینگلو انڈین صاحب سب کچھ نوٹ کرتا جاتا تھا۔ میں نے سوچا۔ اب مجھے اپنے کام کا آدمی مل گیا۔ میں نے دل ہی دل میں خدا کا شکر ادا کیا۔ میں نے کہا " کرشن نگر کے پاس۔ ریل کے پُل کے نیچے"۔

اینگلو انڈین نے نوٹ کر کے پُوچھا " کتنا لمبا چوڑا ہوگا"۔

" کیا گھاٹ؟"

" گھاٹ نہیں۔ مگرمچھ!" اینگلو انڈین بولا۔

میں نے کہا " میں نے دیکھا تو نہیں، مگر لوگ کہتے ہیں تیس فٹ سے کم نہ ہوگا"۔

" ہا!" اینگلو انڈین کی آنکھیں اور بھی چمک اُٹھیں۔ اب تو اس کے رخسار بھی چمک رہے تھے " تیس فٹ! واہ! واہ! کیا تم مجھے موقعے پر لے جا سکتے ہو؟"

"ہاں لے جاسکتا ہوں۔"

"ہم ساتھ میں اپنی رائفل لے چلیں گے" اینگلو انڈین میری طرف حیرانی سے دیکھ کر بولا "تم مگرمچھ کے شکار کے لئے ہی آئے تھے نا!"

میں نے کہا "نہیں بات یہ کہ اس مگرمچھ نے ایک دھوبی کو کھالیا ہے۔ اس کے خاندان کو مدد درکار ہے، میں اس سلسلے میں....."

"اوہ!" اینگلو انڈین کا دل بجھ گیا۔ اس کے آنکھوں کی چمک بھی بجھ گئی۔ بالکل کاروباری اور دفتری انداز میں بولا "میں مگرمچھ کا شکار تو کرسکتا ہوں، مگر رامو کے لئے کچھ نہیں کرسکتا۔ ساری ہمارے محکمے سے دھوبیوں کا کوئی تعلق نہیں۔"

میں نے بالکل زچ ہوکے کہا "تو میں کہاں جاؤں؟ تمہارے محکمے کا دھوبیوں سے کوئی تعلق نہیں اور کسی دوسرے محکمے کا مگرمچھوں سے کوئی تعلق نہیں۔ تو پھر کس کا تعلق کس سے ہے! یہ کیسے پتہ چل سکتا ہے؟"

اینگلو انڈین نے بڑے غور سے اور بڑی ہمدردی سے مجھے دیکھا اور پوچھا "کیا تم مرنے والے کے رشتہ دار ہو؟"

"نہیں! میں تو بس اس کا گدھا ہوں۔"

"پھر بھی اتنی ہمدردی جتاتے ہو۔" اینگلو انڈین میری طرف چوکنا ہوکے دیکھنے لگا۔ "دیکھو میں تمہیں مشورہ دیتا ہوں، آج کل کے زمانے میں کسی دوسرے سے اتنی ہمدردی کرنا خطرے سے خالی نہیں ہے۔"

میں نے کہا "تم مجھے یہ مشورہ نہ دو۔ یہ بتاؤ۔ کہ میری یہ عرضداشت کون سنے گا؟"

اینگلو انڈین سوچ میں پڑ گیا اور پنسل چبانے لگا۔ پنسل چباتے چباتے بولا "معاملہ مگرمچھ کا ہے۔ مگرمچھ کا عدالت سے کوئی تعلق نہیں۔ ورنہ تم اس قتل کے سلسلے میں عدالت ہی جاسکتے تھے۔ لیکن مگرمچھ کا تعلق چڑیا گھر سے منسوب ہے۔ تم چڑیا گھر جاسکتے ہو، مگر چڑیا گھر

والے کیا کریں گے۔ ان کے ہاں پہلے سے بہت سے مگرمچھ موجود ہیں۔ پھر چڑیا گھر والوں کا دھوبی سے کیا تعلق۔ کیوں کر چڑیا گھر کے جانور کپڑے تو پہنتے ہی نہیں.... ہا!" یکایک وہ خوشی سے اُچھل پڑا اور اب کے میں نے اس کے چہرے پر وہی بشاشت دیکھی جو کچھ عرصہ پہلے میں رنگا چاری سبرامیم کے چہرے پر دیکھ آیا تھا۔ وہ بولا "ایک ترکیب سمجھ میں آئی ہے۔"

"کیا؟"

"سنو، دھوبی کا تعلق صابن سے ہے۔ اور صابن کی درآمد برآمد کا تعلق کامرس ڈیپارٹمنٹ سے ہے۔ دیکھو، تم سیدھے کامرس کے وزیر کے پاس چلے جاؤ۔ اس کے سامنے رامو دھوبی کی ساری بپتا رکھ دو۔ اگر وہ چاہتا ہوگا کہ دھوبی کپڑے دھو دھو کر پھاڑتے رہیں اور لوگ اس طرح نئے نئے کپڑے پہننے پر مجبور ہوتے رہیں تو وہ اس سلسلے میں ضرور تمہاری مدد کرے گا۔"

۵۴

جانا گدھے کا
من سکھ لال کا مرس منسٹر کی کوٹھی پر
اور بیان کرنا راموکا قصۂ غم اور دلاسا دینا کا مرس منسٹر کا
اور دیگر احوال اس کوٹھی کا

یارو میں کیا حال بیان کروں اس کوٹھی کا، کہ چاروں طرف سے خوب صورت باغات اور باغیچوں سے گھری تھی۔ پیڑوں کی شاخیں پھلوں سے جھکی جاتی تھیں اور روشوں کے کنارے کنارے خوب صورت قطعوں میں ایسے رنگین پھول کھلے تھے کہ مجھ سے گدھے کی آنکھوں کو بھی طراوت آتی تھی۔ اور لان پر ایسی ہری ہری اور خوشبودار گھاس تھی کہ ایک سو گدھے بھی ہر روز چرتے رہیں تو کبھی کم نہ ہو، نہ معلوم یہ ہر وزیر کی کوٹھی کے اندر اتنی عمدہ گھاس کیوں ہوتی ہے۔ جانے اس کا تعلق وزیر سے ہے یا کسی گدھے سے۔ مگر میں نے تو ان عالی شان کوٹھیوں کے اندر اپنے سوائے کوئی گدھا نہیں دیکھا۔ دل میں بہت افسوس ہوا کہ اتنی عمدہ گھاس اور صرف انسانوں کے پاؤں تلے روندھنے کے لئے استعمال ہو۔ سچ ہے ابھی اس دُنیا میں موٹر والوں کا راج ہے گدھے والوں

کا راج نہیں، جیسے کمہار کا، دھوبی کا، موچی کا، گھسیارے کا، یعنی ان تمام لوگوں کا جو گدھے رکھتے ہیں۔ ورنہ گھاس کی یوں بے قدری نہ ہوتی۔ خیر جناب کو مجھ گدھے سے یا ہری گھاس سے کیا مطلب، آپ کو تو صرف اس قصے سے مطلب ہے۔ سو کہتا ہوں:

جب میں وزیر صاحب کی کوٹھی کے اندر پہنچا۔ تو وہ ایک سنگ سُرخ کے چھوٹے سے فوارے کے اِرد گرد ٹہل رہے تھے۔ اُن کے بچے لان پر قلا بازیاں کھا رہے تھے۔ اور سامنے برآمدے میں دو عورتیں پھول دار ساڑھیاں سکھانے کے لئے اس پر ٹانگ رہی تھیں۔ غرضیکہ بڑا دلفریب منظر تھا، میں نے من سکھ لال جی کو دونوں کان جوڑ کر نمستے کی۔ جس کا جواب انھوں نے دونوں ہاتھ جوڑ کر بڑی نرمی سے دیا۔ وہ اپنی دھوتی کی لانگ ٹھیک کرتے ہوئے بولے "سوں پچھے!"

میں نے کہا "مجھے زکام نہیں ہے۔"

وہ معافی مانگتے ہوئے بولے "میں نے آپ کو اپنے وطن احمد آباد کا سمجھا تھا۔"

میں نے کہا "جی نہیں، میں تو اُتر پردیش کا رہنے والا ہوں۔"

وہ بولے "اچھا، اچھا۔ وہ جو بہار سے آگے آتا ہے۔"

میں نے کہا "جی ہاں، اگر آپ بہار سے ادھر آئیں تو آگے آتا ہے اور ادھر سے بہار جائیں تو پہلے آتا ہے۔"

من سکھ لال جی ہنسنے لگے۔ بولے "تم صورت شکل سے گدھے دکھائی دیتے ہو، مگر ہو نہیں بھائی صاحب۔"

میں نے کہا "نہیں بھائی صاحب۔ میں واقعی گدھا ہوں، یقین نہ آئے تو میرے کان اینٹھ کے دیکھ لیجیے۔"

من سُکھ لال جی نے میرے کان اینٹھے، جب جا کے کہیں اُنھیں یقین آیا۔ بولے "اب کہو۔ میں تمھارے لئے کیا کر سکتا ہوں؟"

میں نے کہا "من سکھ لال جی ۔ مجھے اپنے لئے تو گھاس کا ایک تنکا بھی نہیں چاہئے میں رامو دھوبی کے سلسلے میں آیا ہوں" اور اتنا کہہ کر میں نے رامو دھوبی کا پورا قصہ بیان کیا۔

یہ بات میں یہاں سب کے سامنے صاف صاف طور پر کہوں گا کہ من سکھ لال جی مجھ سے بڑی نرمی اور ملائمت اور ملاطفت سے پیش آئے ۔ کہیں ایک بار بھی انھوں نے مجھ پر ایسا ظاہر نہیں ہونے دیا کہ وہ کسی انسان سے نہیں کسی گدھے سے بات کر رہے ہیں ۔ لیکن ان تمام باتوں کے باوجود ان کا جواب انکار میں تھا ۔ کہنے لگے " بھائی ، اگر معاملہ صرف صابن کا ہوتا ، یعنی دھوبیوں کے صابن سستے داموں ملنے کا سوال ہوتا ۔ تو میں اس پر غور کر سکتا تھا۔ اگر سوال یہ ہوتا کہ دھوبیوں کو کلف لگانے میں سوڈا جو اس قدر مہنگا ملتا ہے تو میں اس پر ڈیوٹی کم کر سکتا تھا اگر دھوبیوں کو یہ شکایت ہوتی کہ ملوں سے جو کپڑا آتا ہے وہ اس قدر ناقص ہوتا ہے کہ دو چار بار پتھر پر کوٹنے سے پھٹ جاتا ہے ۔ تو میں یا تو کارخانہ والوں کو تنبیہ کر سکتا تھا کہ وہ موٹا سوت استعمال کریں یا میں دھوبیوں کو کپڑا کوٹنے کے لئے نرم پتھر سپلائی کر سکتا تھا ۔ مگر یہاں سوال بالکل دوسرا ہے ۔ یہاں سوال یہ ہے کہ ایک غریب دھوبی مر گیا ہے ۔ اس کے بیوی بچے مفلس اور نادار ہیں ۔ بھوکے ہیں ۔ وہ کوئی کام نہیں جانتے ۔ کوئی ان کا سرپرست نہیں ہے اب وہ لوگ کریں تو کیا کریں ۔ یہ سوال ایسا ہے ۔ جو کوئی بڑے سے بڑا وزیر بھی حل نہیں کر سکتا ۔"

"کیوں ؟"

من سکھ لال جی اِدھر اُدھر دیکھ کر میرے کان میں بولے " یہ تو مرکزی بلکہ ہماری حکومت کا بنیادی سوال ہے ۔ اسے سوائے ہمارے وزیر اعظم کے اور کوئی حل نہیں کر سکتا ۔"

"تو کیا آپ کا مطلب ہے ؟" میں نے حیرت سے اپنے دونوں کان جوڑ کر پوچھا " تو کیا آپکا مطلب ہے ۔ مجھے اس کام کے لئے ——— ؟ " میں نے فقرہ نا تمام چھوڑ دیا۔

من سکھ لال نے آہستہ سے سر ہلا کے کہا " ہاں ۔ تمھیں اس کام کے لئے پنڈت جواہر لال نہرو کے پاس جانا ہوگا ۔"

۵۷

جانا گدھے کا
وزیر اعظم کی کوٹھی پر
اور ملاقات کرنا پنڈت جواہر لال نہرو سے
اور خفا ہونا باغ کے مالی کا

میں نے لوگوں سے سن رکھا تھا کہ پنڈت جی سے ملاقات کا وقت صبح ساڑھے سات آٹھ بجے سے پہلے کا ہے۔ اس کے بعد سے جو ملاقاتیوں کا تانتا شروع ہوتا ہے، تو پھر کسی وقت ایک آدھ منٹ کا انٹرویو حاصل کرنا بھی مشکل ہوتا ہے۔ یہی سوچ کر اس روز میں رات بھر جاگتا رہا اور مختلف رستوں سے گھوم گھوم کر پنڈت جی کی کوٹھی کے قریب تر پہنچنے کی کوشش کرتا رہا۔ کوئی چھ بجے کے قریب میں ان کی کوٹھی کے باہر تھا۔ سنتریوں نے مجھے لاپرواہی سے تاکا، شاید میں انھیں بالکل معمولی گدھا دکھائی دیتا ہوں گا۔ پہلے تو میں دیوار سے لگ کر آہستہ آہستہ گھاس چرتا رہا اور دھیرے دھیرے دروازے کے قریب آتا رہا۔ جب میں بالکل ہی قریب پہنچ گیا، تو سنتریوں نے ہاتھ اٹھا کر لاپرواہی سے

میں نے جاتے ہی دونوں کان جوڑ کر پنڈت جی کو سلام کیا۔

مجھے ڈرایا۔ جیسے اکثر گدھوں کو ڈرایا جاتا ہے۔ میں نے ساری سکیم پہلے سے سوچ رکھی تھی۔ ان کے ڈراتے ہی میں نے ایسا ظاہر کیا کہ میں بالکل ڈر گیا ہوں۔ چنانچہ میں تڑپ کر اُچھلا اور سیدھا کوٹھی کے اندر ہولیا۔ سنتری میرے پیچھے پیچھے بھاگے اور میں ان کے آگے آگے۔ جب میں باغ کی روشوں میں پہنچ گیا، تو سنتریوں نے ایک گدھے کا اس قدر پیچھا کرنا بے کار سمجھ کر مالی کو آواز دی کہ وہ اس گدھے کو باغ سے باہر نکال دے اور یہ کہہ کر وہ پھر باہر گیٹ پر کھڑے ہو گئے۔ جہاں ان کی ڈیوٹی تھی۔

مالی نے مجھے گھور کر دیکھا۔ وہ اس وقت ایک کھرپی لئے گُلاب کی جھاڑیوں کے ارد گرد گھاس صاف کر رہا تھا۔ اس نے جب اپنا کام بڑھتے ہوئے دیکھا تو اسے سخت غصہ آیا۔ مجھے اس کی آنکھوں میں ایذا پرستی اور شیطنت کی چمک دکھائی دی۔ مالی آہستہ سے جھاڑیوں کے پاس سے اُٹھا اور اپنے اپنے کوارٹر سے ایک مضبوط سونٹا لانے گیا۔ اتنے میں میں نے کیا دیکھا کہ پنڈت جی روپوش پر چلتے ہوئے بلکہ دوڑتے ہوئے گُلاب کے پودوں کی طرف جا رہے ہیں۔ میں نے یہ موقع غنیمت سمجھا اور ہرن کی طرح ایک چوکڑی بھری اور پنڈت جی کے پیچھے پیچھے ہولیا۔

میں نے آہستہ سے کہا " پنڈت جی!"

پنڈت جی حیرت سے میری طرف مُڑے جب انھیں کوئی انسان نظر نہ آیا تو پھر آگے چلنے لگے۔

میں نے پھر کہا " پنڈت جی!"

اب کے پنڈت جی نے ذرا تنک مزاجی سے مجھے دیکھا اور بولے " میں بھوتوں میں یقین نہیں رکھتا۔"

میں نے کہا۔ " یقین ملئیے۔ میں بھوت نہیں ہوں، ایک گدھا ہوں۔"

جب پنڈت جی نے مجھے بولتے دیکھا، تو ان کی ایک لمحے کی حیرت بشاشت میں

تبدیل ہوگئی۔ وہ بولے "میں نے اٹلی کے ایک گھوڑے کے بارے میں پڑھا تھا۔ جو الجبرے کے سوال تک حل کر سکتا تھا۔ لیکن بولنے والا گدھا آج ہی دیکھا۔ انسان کی سائنس کیا کچھ نہیں کر سکتی، بولو کیا چاہتے ہو۔ میرے پاس زیادہ وقت نہیں ہے۔"

میں نے کہا "آپ سے پندرہ منٹ کے لئے ایک انٹرویو چاہتا ہوں۔ سوچتا ہوں کہیں آپ اس لئے انکار نہ کر دیں کہ میں ایک گدھا ہوں۔"

پنڈت جی ہنس کر بولے "میرے پاس انٹرویو کے لئے ایک سے ایک بڑا گدھا آتا ہے۔ ایک گدھا اور سہی۔ کیا فرق پڑتا ہے —— شروع کرو۔"

میں شروع کرنے والا تھا کہ اتنے میں مالی دور سے ڈنڈا لئے بھاگتا ہوا نظر آیا۔ میں نے مالی کی طرف دیکھا، پھر پنڈت جی کی طرف، پنڈت جی سمجھ گئے۔ انھوں نے ہاتھ کے اشارے سے مالی کو روک دیا اور خود روش پر ٹہلنے لگے۔ میں نے رامو دھوبی کی داستانِ غم مختصر لفظوں میں بیان کی۔ پنڈت جی بہت متاثر ہوئے۔ کہنے لگے "اس معاملے میں حکومت کچھ نہیں کر سکتی۔ مگر اپنی جیب سے ایک سو روپیہ دے سکتا ہوں۔"

یہ کہہ کر انھوں نے اپنی جیب سے ایک سو روپے کا نوٹ نکالا اور میرے کان کے اندر اُڑس دیا۔ میں نے کہا "پنڈت جی۔ قدوائی مرحوم بھی اسی طرح خیرات کیا کرتے تھے سینکڑوں لوگوں کا بھلا اس میں ضرور ہو جاتا ہے۔ مگر ہے تو یہ خیرات!"

پنڈت جی بولے "خیرات تو ہے۔"

میں نے کہا "خیرات بند ہونی چاہیے۔ یہ ہندوستانی کا حق ہونا چاہئے کہ جب وہ مرے تو اس کے بعد ریاست اس کے بیوی بچوں کے گذارے کا بندوبست کرے۔ اُسے آزادی کے بنیادی اصولوں میں شمار کیا جانا چاہئے۔"

"اصول تو درست ہے" پنڈت نے سوچ کر کہا "لیکن اصولوں کو عمل میں لانے کے لئے خون پسینہ ایک کرنے کی ضرورت ہے۔ اس کے لئے بہت کم لوگ تیار ہوتے

ہیں یوں تو تمھاری طرح لوگ انقلاب کی باتیں بہت کہتے ہیں۔ لیکن رامو دھوبی کی بیوہ کو سرکاری پنشن دینے کے لئے قوم کے پاس اس سے کہیں زیادہ قومی دولت ہونی چاہیئے۔ جتنی آج کل اس کے پاس موجود ہے۔ اس قومی دولت کو بڑھانے کے لئے ہم نے پنج سالہ پلان تیار کیا ہے جس پر ملک بھر میں عمل ہو رہا ہے۔ لیکن لوگوں کے جوش و خروش کا وہ عالم نہیں ہے جس کی مجھے ان سے توقع تھی۔"

میں نے عرض کیا "لوگوں میں آپ کے لئے بے پناہ عقیدت ہے۔ آپ کی بتائی ہوئی سکیموں سے بڑی ہمدردی ہے۔ آپ کا ہر حکم ان کے سر ماتھے پر ہوتا ہے۔ آپ دُنیا بھر میں اقوامِ عالم کے درمیان امن قائم کرنے کے لئے جو کوشش کر رہے ہیں۔ اس سے نہ صرف ہندوستان کے لوگ بلکہ بین الاقوامی عوام بھی آپ کو قدر و منزلت کی نگاہوں سے دیکھنے لگے ہیں۔"

پنڈت جی مسکراتے ہوئے بولے "گدھے ہونے کے باوجود تم باتیں اچھی بنا لیتے ہو۔"

میں نے کہا "آج میں دُنیا کے ایک عظیم سیاست داں کے سامنے کھڑا ہوں جانے پھر ایسا موقع کبھی ملے نہ ملے۔ اس لئے کیوں نہ اپنے دل کی بات آپ سے کہہ ڈالوں۔ پنڈت جی آپ کی خارجہ پالیسی کی کامیابی مسلم ہے۔ قومی زندگی میں بھی آپ کی حب الوطنی عوام دوستی اور قومی خدمت سے انکار کرنا کفر ہوگا۔ جو کوئی ایسا کرے گا مُنہ کی کھائے گا۔ جہاں تک آپ ہندوستان کو اس قلیل عرصے میں لے گئے ہیں۔ اس سے آپ کے کندھوں کی مضبوطی اور بلندی کا پتہ چلتا ہے۔ مگر پنڈت جی کیا یہ کافی ہے۔ ایک قوم، ایک بڑی قوم، بہادر قوم، ہندوستانی ایسی مہذب اور متمدن قوم کب تک ایک آدمی کے سہارے پر چلے گی۔ کیا آپ وثوق سے کہہ سکتے ہیں کہ اگر آپ نے اپنی حکومت میں مناسب تبدیلیاں نہ کیں تو آپ کے بعد ہندوستان کا وہی حال نہ ہوگا۔ جو اشوک اور اکبر کے بعد ہوا تھا۔"

"اشوک اور اکبر بادشاہ تھے۔ آج ہندوستان میں جمہوریت ہے۔" پنڈت جی نے مجھے یاد دلایا۔

"صرف ووٹ سے جمہوریت نہیں ہوتی۔ آج ہندوستان میں جو حکومت ہے۔ میں اسے زیادہ سے زیادہ نہروائی کریم النفسی کے نام سے پکار سکتا ہوں۔ اور کریم النفسی ذاتی اور شخصی ہوتی ہے۔ وہ صرف ایک فرد کی جانب دیکھتی ہے۔ اور جب وہ فرد ـــــ فرد نہ رہے تو اور کیا ہوگا۔ پنڈت جی، مجھے اس سے بڑا ڈر لگتا ہے۔"

"میں اس کا جواب پہلے دے چکا ہوں" پنڈت جی نے کہا "میں نہیں سمجھتا کہ میرے پیارے ہندوستان کے عوام میرے بعد کوئی ایسا بڑا لیڈر پیدا نہیں کر سکتے جو حالات کو سنبھال سکے۔ مجھے اپنے عوام پر بھروسہ ہے۔"

"آپ کا بھروسہ بجا ہے۔ مگر اس کو عمل میں لانے کے لئے ہندوستانی عوام کی تخلیقی قوتوں کو بیدار کرنے کے لئے کیا یہ ضروری نہیں ہے کہ ابھی سے اس کے لئے اقدامات کئے جائیں معاف کیجئے گا۔ پنڈت جی مجھے آپ کی حکومت میں کوئی راموا دھوبی، کوئی جمن چمار کوئی ڈھونڈو مل مزدور نظر نہیں آتا، کاروالے بہت نظر آتے ہیں۔ گدھے والا ایک بھی نظر نہیں آتا، اگر قومی دولت کو بڑھانا ہے۔ اگر قومی پلانوں کو یکے بعد دیگرے کامیاب بنانا ہے اگر آپ چاہتے ہیں کہ ملک کی دولت میں دن دونی رات چوگنی ترقی ہو تو اس حکومت کے ڈھانچے کو بدلنا پڑے گا اوپر سے نیچے تک عوام کے تمام طبقوں کو تمام سطحوں پر اوپر سے نیچے تک نمائندگی دینی پڑے گی اور ایک ایسی قومی حکومت کی تخلیق کرنی پڑے گی۔ جس میں ملک کے تمام مختلف عناصر سرمایہ داروں سے کانگریسیوں تک اور کانگریسیوں سے اشتراکیوں تک اور اشتراکیوں سے کمیونسٹوں تک شامل ہوں۔ صرف ایک ایسی ہی حکومت ملک میں جوش و خروش کی لہر دوڑا سکتی ہے اور اس کی قیادت میں جو کام اب دس یا پندرہ سال میں بہت سے مالی نقصان، بہت سی رشوت ستانی، بہت سی منفعت اندوزی کے ساتھ ہوتا ہے۔ کم سے کم نقصان میں کم سے کم رشوت ستانی کے۔ بے کم وقت میں پورا ہو جائے گا۔ کام کی رفتار بہت بڑھ جائیگی کیونکہ عوام ہر سٹیج پر حکومت کے اندر موجود ہوں گے۔ مزدوروں سے لے کر وزیروں تک

ایک ایسی متحدہ حکومت کی اشد ضرورت ہے اس وقت ....."

پنڈت جی مسکرائے۔ میری بات کاٹ کر بولے "میں نے سوچا تھا تم میرا انٹرویو لوگے معلوم ہوتا ہے۔ تم انٹرویو لینے نہیں دینے آئے ہو۔"

میں گھبرا کے چپ ہو گیا۔ بات سچ کہی تھی انھوں نے۔

مجھے خاموش دیکھ کر کہنے لگے "نہیں، نہیں۔ کہو، کہو۔ میں تو ہمیشہ سے طالب علم رہا ہوں۔ میں تو ایک گدھے سے بھی کچھ نہ کچھ سیکھ سکتا ہوں۔"

میں نے کہا "میں آپ کو کیا سکھاؤں گا۔ چراغ سورج کے سامنے کیا جلے گا۔ لیکن چونکہ میں ایک غریب آدمی کا ایک گدھا ہوں، زندگی بھر افلاس کا شکار رہا ہوں۔ مجھے معلوم ہے کہ جو درد آپ کے دل میں موجود ہے۔ وہ ہماری تصویر کو، روزمرہ کی تصویر کو دیکھ کر ہی آپ کے دل میں پیدا ہوتا ہے، اس لئے جو بات آپ کہتے ہیں وہ گویا میرے دل سے نکلتی ہے۔ مگر مصیبت یہ ہے کہ آپ کے اور ہمارے درمیان جو باڑھ لگائی گئی ہے، جو مشنری قائم کی گئی ہے وہ نہایت رجعت پسند سست رو بلکہ اکثر اوقات آپ کے حکم سے انحراف کرنے والی ہے اس لئے کہ اس مشنری کے اندر جو طاقتیں کام کرتی ہیں وہ ہمارے خیالات کی مخالف ہیں۔ اب تک جو کام ہوتا ہے۔ وہ آپ کے ڈر سے ہوتا ہے۔ مجھے ڈر ہے کہ جب آپ ہمارے درمیان نہ ہوں گے اس وقت یہ ڈر بھی نہ رہے گا۔ اور وہ لوگ اپنی من مانی کر گزریں گے۔ اگر ابھی سے اس کے لئے پیش بندی نہ کی گئی۔"

"تمہارا مطلب دوسری صف یعنی SECOND LINE OF DEFENCE ہے؟"

میں نے کہا SECOND LINE OF DEFENCE میں جو آدمی آپ نے لئے ہیں، وہ عمر میں اور خیالات میں آپ سے بھی بہت بوڑھے ہیں۔ اور غالباً آپ سے بہت پہلے بھگت جائیں گے مگر میرا مطلب ان لوگوں سے نہیں ہے۔ میرا مطلب ایک متحدہ قومی حکومت کے قیام سے ہے۔ صرف ایک ایسی ہی حکومت آئندہ بیس تیس سال میں ہندوستان کو

آگے لے جا سکتی ہے جس میں پوری کی پوری قوم اپنے مختلف طبقوں اور عناصر کے ساتھ ملکی اور قومی بھلائی کے لئے شریک ہو۔"

پنڈت جی نے کہا "میں نہیں مانتا کہ حکومت کی مشنری میرا ساتھ نہیں دیتی کوئی مثال دو۔"

میں نے کہا "جتنی مثالیں چاہیں، لے لیجئے۔ آپ اپنی پلان میں پرائیوٹ سیکٹر کو کم اور پبلک سیکٹر کو زیادہ رکھنا چاہتے ہیں۔ مگر پرائیوٹ سیکٹر میں بھی باہر کا سرمایہ بڑھ رہا ہے جوٹ، چائے، بینکی سرمائے کے علاوہ ابھی ابھی پچیس کروڑ روپے کی لاگت دو تیل کی ریفائنریاں نکلی ہیں۔"

"ہم ان پر مکمل کنٹرول کریں گے" پنڈت جی نے غصے سے کہا۔

"کہیں اینگلو ایران کمپنی کی طرح ہمارا حال نہ ہو کہ اسے کنٹرول کرتے کرتے ہمارا اپنا وزیراعظم ڈاکٹر مصدق کی طرح بے دست و پا نہ ہو جائے۔"

"تم بالکل گدھے ہو" پنڈت جی نے برافروختہ ہو کر کہا "تم پرانے کلاسکی انقلابیوں کی طرح باتیں کرتے ہو۔ ہندوستان کے خاص حالات نہیں دیکھتے۔ یہاں کے عوام کی مخصوص ذہنیت کا مطالعہ نہیں کرتے۔ ان کی امن پسندی، رواداری، میانہ روی، عدم تشدد سے گہری محبت کے ثبوت نہیں دیکھتے۔ یہاں ہندوستان میں کام دھیرے دھیرے ہوگا۔ دھیرے دھیرے سماج کا ڈھانچہ بدلے گا۔ دھیرے دھیرے قومی افعال کی اشکال بدلیں گی۔ دھیرے دھیرے ان میں سماجی لچک پیدا ہوگی جو ایک ماڈرن سماج کا خاصہ ہے۔ یہ سب کام ایک دن میں نہیں ہو سکتا۔ ہندوستان میں انقلابی تعمیر میں قوتیں انسان کے مخصوص قومی مزاج اور وطنیت میں سمو اور رچ کر اُوپر اُبھریں گی۔ باہر کی قلم نہیں لگے گی۔ میں تم سے صاف صاف کہے دیتا ہوں گدھے دھیرے دھیرے سب کام ہوگا۔"

"جب تک رامو کی بیوہ کا کیا ہوگا، ان لوگوں کا کیا ہوگا جنھیں اس ملک میں نوکری نہیں ملتی کام نہیں ملتا جو مجبور ہو کر ملک سے باہر چلے جاتے ہیں۔ پھر اس ملک کی بڑھتی ہوئی بیکاری کا

کیا ہوگا۔ ہر صوبے کی حکومتوں کے اعداد شمار ملاحظہ فرمایئے۔ ابھی کل ہی اتر پردیش کی حکومت نے تسلیم کیا ہے کہ ان کی ریاست میں بے کاری بڑھ رہی ہے۔"

"میرے پاس کوئی چھو منتر نہیں ہے کہ ایک دن میں ہندوستان کی حالت بدل ڈالوں۔ ایسا آج تک کسی ملک میں نہیں ہوا ہے۔ پچیس تیس سال سے پہلے کسی ملک کی حالت اتنی جلدی نہیں بدل سکی۔ ہر ملک کی تاریخ یہی کہتی ہے، خون پسینہ ایک کر دینے سے قومی دولت اور طاقت بڑھتی ہے۔" پنڈت جی نے میری پیٹھ پر ہاتھ رکھ کے کہا "تو نے پندرہ منٹ سے زیادہ لے لئے۔ اب میں جاتا ہوں۔"

میں نے کہا "پنڈت جی ایک عرض ہے۔ آپ نے ممکن ہے ولایت میں گدھوں کی سواری کی ہو لیکن ہندوستان میں تو میں نے نہیں سُنا کہ آپ کسی گدھے کی پیٹھ پر سوار ہوئے ہیں۔ میری انتہائی خوش قسمتی ہوگی۔ اگر آپ......"

مگر پنڈت جی نے میرا فقرہ پورا نہیں کرنے دیا۔ اُچک کر میری پیٹھ پر بیٹھ گئے۔ اور چند منٹ تک مجھے باغ کے ارد گرد وہ دوڑایا وہ دوڑایا کہ میرا تو دم پھول گیا۔ آخر میں نے ہار مان لی "خدا کے لئے پنڈت جی اب تو اُتر جایئے۔" میں نے بار بار کہا۔

وہ ہنس کر ایک دم اتر پڑے، اور پوچھنے لگے "اب بتا کون شست رفتار ہے؟"

اس کے بعد وہ میری طرف سے مڑے اور میں نے دیکھا کہ برآمدے میں چند غیر ملکی سفیر اور دو ایک غیر ملکی فوٹو گرافر ٹہل رہے ہیں جو پنڈت جی کی گدھے کی سواری کرنے کی تصویریں لے رہے تھے۔ دو ایک سکریٹری لوگ بڑی پریشانی سے ٹہل رہے تھے نہرو جی میری پیٹھ تھپک کر ادھر چلے گئے۔ جاتے جاتے مجھ سے کہہ گئے "اس دھوبن کو یہ سو کا نوٹ بڑی احتیاط سے پہنچا دینا۔"

میں بڑے فخر سے دُلکی چال چلتا ہوا پنڈت جی کی کوٹھی سے باہر نکلا۔ کیوں نہ ہو آخر ہندوستان کے وزیر اعظم سے ملاقات کر کے آیا تھا۔ باہر آتے ہی مجھے پریس کے نمائندوں اور فوٹو گرافروں نے گھیر لیا۔

گھیر لینا گدھے کو اخباروں کا
اور لے کے جانا اسے
کانسٹی ٹیوشن کلب میں اور
بیان گدھے کی پریس کانفرنس کا

وزیر اعظم کی کوٹھی سے باہر نکلتے ہی میں نے اپنے آپ کو دُنیا کا مشہور ترین گدھا پایا۔ ایک لمحہ پہلے میں گمنام ترین گدھا تھا، جو سڑکوں پر عرضی لئے مارا مارا پھرتا تھا۔ لیکن وزیر اعظم سے ملاقات ہوتے ہی گویا میری تقدیر بدل گئی۔ جب میں کوٹھی سے باہر نکلا ہوں تو دروازے کے باہر گویا جرنلسٹوں کا اور فوٹو گرافروں کا ایک اژدہام تھا۔ کھوے سے کھوا چھل رہا تھا۔ میرے فوٹو پر فوٹو اُتارے جا رہے تھے۔ آخر میں وہ لوگ مجھے گھیر گھار کر کانسٹی ٹیوشن کلب لے گئے تاکہ وہ میرا انٹرویو لے لیں۔

کانسٹی ٹیوشن کلب میں پریس کے نمائندوں نے مجھ پر سوالوں کی بوچھاڑ کر ڈالی۔

"وزیر اعظم سے آپ کی کیا کیا باتیں ہوئیں؟" ایک جرنلسٹ سے نہ رہا گیا۔

میں نے کہا "کچھ گھاس کے بارے میں کچھ گلاب کے پھولوں کے بارے میں ۔"
دوسرا جرنلسٹ بولا "آپ ہمیں اڑا رہے ہیں ۔ صاف صاف بتایئے ناکس موضوع پر گفتگو رہی ؟"

مگر میں کہاں ان کے ہاتھوں میں آنے والا تھا میں نے کہا "کچھ دھوبیوں کے بارے میں ذکر رہا ، کچھ ان کے گدھوں کے بارے میں ۔ کچھ نئی نسل کے گدھوں کے بارے میں جو آج کل ہندوستان میں تیار ہو رہی ہے ۔"

تیسرا جرنلسٹ بولا "ولایتی گدھوں کے بارے میں بھی کوئی ذکر آیا ؟"

میں نے کہا "ہاں جب پنڈت جی ولایت میں سکول میں تھے تو اکثر گدھوں کی سواری کیا کرتے تھے ۔ اس زمانے میں انھیں ہرٹ فورڈ شائر کے گدھے بہت پسند تھے ۔"

جرنلسٹوں کی پنسلیں برابر چل رہی تھیں ۔ مگر صاف ظاہر تھا کہ جس کاپی یا کہانی کی وہ مجھ سے توقع رکھتے تھے ، وہ مجھ سے پوری نہیں ہو رہی تھی ۔ مجھے بے چاروں پر بہت ترس آیا ۔ آخر میں مجھے اعلان کرنا پڑا ۔

"خواتین و حضرات (کیوں کہ پریس کے نمائندوں میں کئی عورتیں بھی تھیں) آپ کو یہ جان کر بڑی مسرت ہوگی کہ میں ہندوستان میں وہ واحد گدھا ہوں جسے پنڈت جواہر لال نہرو کو اپنی پیٹھ پر سوار کرنے کا فخر حاصل ہوا ہے ۔"

یہ اعلان سنتے ہی بہت سے جرنلسٹ خوشی سے اچھل پڑے ۔ انھیں اپنے اخباروں کے لئے پہلے صفحے کی سرخی حاصل ہوگئی تھی ۔ میں عالم خیال میں اخباروں کی سرخیاں پڑھتے ہوئے دیکھنے لگا ۔ اتنے میں کسی نے مجھے کان سے جھنجھوڑ کر گویا چونکا دیا ۔ یہ امریکی صحیفہ "لائف" کا نمائندہ تھا ۔ اس کے ساتھ ہی "نیویارک ٹائمز" اور "لندن ٹائمز" اور مانچسٹر گارڈین" کے نمائندے بھی موجود تھے ۔

لائف کا نمائندہ بولا "مسٹر اتم تو ہمارے فرانسس سے بھی بڑھ گئے ۔"

لنڈن ٹائمز کے نمائندے نے رائل کمیشن کے کسی ممبر کی طرح بولتے ہوئے کہا "اے مسٹر ڈنکی شخصی آزادی کے متعلق تمہارا کیا خیال ہے"

"فرانسس کون ہے؟"

"بولنے والا خچر ہے۔ میٹرو گولڈون میئر کی تصویروں میں کام کرتا ہے۔ مگر اسے یہ سعادت کبھی نصیب نہ ہو سکی کہ وہ دنیا کے کسی بلند پایہ سیاست داں سے ملاقات کر سکے۔"

نیویارک "ٹائمز" کے نمائندے نے لائف کے نمائندے کو کوٹ کے کالر سے پکڑ کر کہا۔ "ہے! گائی۔ میں تم سے کہتا ہوں۔ اگر ہمارے فرانسس کا اور اس ہندوستانی گدھے کا ایک مشترکہ انٹرویو لیا جائے اور اسے امریکہ کے ساحل سے ساحل ٹیلی ویژن پر نشر کیا جائے۔"

"لائف" کا نمائندہ اس اچھوتی تجویز کو سن کر خوشی سے اچھل پڑا۔ بولا "ابھی کیبل کرتا ہوں کہ وہ لوگ فرانسس کو چارٹرڈ ہوائی جہاز سے ہندوستان بھیج دیں۔ خدا شاہد ہے۔ مزا آ جائے گا۔"

مانچسٹر گارڈین کے نمائندے نے ذرا تلخ ہو کے کہا "مگر ابھی ذرا اس کے سیاسی خیالات تو معلوم کر لیں۔ بڑا کائیاں گدھا معلوم ہوتا ہے۔"

لنڈن ٹائمز کے نمائندے نے رائل کمیشن کے کسی ممبر کی طرح بولتے ہوئے کہا "اے مسٹر ڈنکی شخصی آزادی کے متعلق تمہارا کیا خیال ہے؟"

میں نے کہا "ہر گدھے کو گھاس چرنے کی آزادی ہونی چاہیے۔"

"اور CO-EXISTENCE یعنی 'بقائے باہم' کے بارے میں؟"

میں نے کہا "ہر گدھے کو چاہیے کہ خود بھی جیے اور دوسروں کو بھی جینے دے۔ کم از کم ہم گدھے تو اسی اصول پر عمل کرتے ہیں، میں انسانوں کی بات نہیں کرتا۔"

"نسلی امتیازات کے بارے میں تم کیا رائے رکھتے ہو؟"

میں نے کہا "ہم گدھوں کے اندر کسی قسم کے نسلی امتیاز نہیں پائے جاتے۔ گدھا کالے بالوں والا یا بھورے بالوں والا۔ اس کا ماتھا سپید ہو یا کالا اس کی کھال دھاری دار ہو یا بے دھاری دار۔ ہمارے لئے کوئی فرق نہیں پڑتا۔ ہمارے سماج میں سب گدھے برابر ہیں۔"

مانچسٹر گارڈین کے نمائندے نے ایسی دل چسپی سے نیویارک ٹائمز اور لائف کے نمائندوں

کی طرف دیکھا جیسے کہہ رہا ہو کہ دیکھو، میں تم سے کہتا نہیں تھا۔ پہلے اس کے خیالات معلوم کر لو۔

لائف والے نے نیویارک ٹائمز والے سے کہا "میرے خیال میں اب فرانسس کو بلانے کا کوئی فائدہ نہیں ہے، وہ تار منسوخ کر دیا جائے۔"

مانچسٹر گارڈین کے نمایندے نے پوچھا "حضرت یہ مشرق اور مغرب میں جو ٹھنڈی جنگ چھڑی ہوئی ہے اس کے متعلق بھی گل افشانی کیجئے گا؟"

میں نے کہا "ہم گدھوں میں کبھی کوئی ٹھنڈی یا گرم جنگ نہیں ہوتی۔ دراصل ہم گدھے لوگ جیسا کہ آپ انسانوں کو معلوم ہو گا جنگ سے سخت نفرت کرتے ہیں۔ آپ نے اکثر دیکھا ہو گا گھاس کے ایک ہی پلاٹ پر درجنوں گدھے اکٹھے چرتے ہیں۔ اور کبھی کوئی لڑائی نہیں ہوتی ہماری سمجھ میں نہیں آتا آخر انسان اس طرح اکٹھے کیوں نہیں چر سکتے۔ پھر آپ نے یہ بھی دیکھا ہو گا کہ مختلف رنگ اور نسلوں والے گدھے سب اکٹھے مل کر اینٹیں ڈھوتے ہیں اور ایک نیا مکان بنانے میں مدد پہنچاتے ہیں۔ اب میری سمجھ میں نہیں آتا کہ تم انسان، مختلف رنگ اور نسلوں والے انسان اکٹھے مل کر ایک نیا کارخانہ یا ایک نئی دنیا کیوں نہیں تعمیر کر سکتے؟"

"اور پنچ شلا کے بارے میں؟"

مگر لنڈن ٹائمز کے نمایندے نے حقارت سے مونہہ موڑ کر مانچسٹر گارڈین والے نمایندے سے کہہ دیا "پوچھنا بے کار ہے، اس گدھے پر نہرو کا جادو چل چکا ہے۔ شکر ہے یہ گدھا بانڈوگ کانفرنس میں نہیں تھا، ورنہ جانے کیا فیل مچاتا۔"

وہ تینوں مجھے چھوڑ کر چلے گئے۔

ان کے جانے کے بعد اور بھی بہت سے سوالات ہوئے۔ مختلف موضوعات پر، جن کا میں نے جواب دینے کی پوری کوشش کی۔ یعنی جہاں تک ایک گدھے سے جواب بن سکتا تھا۔ یہ پریس کانفرنس کوئی ڈیڑھ گھنٹہ تک جاری رہی۔ اس کے بعد سب جرنلسٹ اپنی اپنی کاپیاں، دینے اخباروں کے دفتر میں چلے گئے۔ کیوں کہ انھیں آج ایک نیا شوشہ ہاتھ آیا

تھا۔ اتنی لمبی چوڑی کانفرنس کے بعد میں بھی پسینے میں تربتر تھا اور تھکا ماندہ محسوس کر رہا تھا میں نے سوچا کہ رامو کی بیوہ کے گھر جانے سے پہلے جمنا میں نہا لینا چاہئے۔ طبیعت ہلکی ہو جائے گی اور تھکاوٹ بھی دور ہو جائے گی۔ یہ سوچ کر میں کانسٹی ٹیوشن کلب سے باہر نکلا کہ ایک فربہ اندام لیکن ناٹے قد کے آدمی نے جو ایک بہت عمدہ دھوتی اور بہت عمدہ سفید اچکن پہنے ہوئے تھے مجھ سے مخاطب ہو کے کہا "معاف کیجئے گا۔ آپ ہی وہ گدھے ہیں، بولنے والے گدھے، جنہیں ہمارے وزیر اعظم سے ایک اسپیشل انٹرویو ملا ہے؟"

"جی ہاں۔"

ناٹے قد کے آدمی نے مجھے سر سے پاؤں تک دیکھا۔ قدرے توقف کیا۔ پھر گویا اپنے آپ کو سنبھال کر بولا "اگر بار خاطر نہ ہو، تو اس وقت کا کھانا غریب خانے پر تناول فرمائیں میری کوٹھی یہاں کانسٹی ٹیوشن کلب سے بہت نزدیک ہے ـــــ برجوٹیا محل!"

"مگر یہاں سے چلیں گے کیسے؟" میں نے ایک جمائی لے کر کہا "میں بہت تھکا ہوا ہوں۔"

"میرے پاس ایک بیوک گاڑی ہے، مگر آپ اس میں شاید آنہ سکیں گے۔ اس لئے میں ایک شورلے، لاری آپ کے لئے لیتا آیا ہوں۔"

زندگی میں پہلی بار میں نے شورلے کی لاری میں سفر کیا۔ بھئی یہ ہے تو لوہے کا گدھا لیکن ہوتا بہت عمدہ ہے۔

برجوٹیا محل واقعی ایک محل کی طرح سجا ہوا تھا۔ جس صوفے پر مجھے لے جا کر بٹھایا گیا وہ اتنا بڑا تھا کہ اس پر دو گدھے بخوبی آرام کر سکتے تھے۔

ڈرائنگ روم میں تشریف رکھوائے جانے کے بعد برجوٹیا نے جھک کر بڑی تعظیم سے مجھ سے کہا۔ "اب آپ کیا پئیں گے! لیمن سکواش یا کوئی شربت۔"

میں نے کہا۔ "میں تھوڑی سی گھاس کھاؤں گا۔"

برجوٹیا نے بڑی سنجیدگی سے گھنٹی بجائی جیسے عمر بھر مہمانوں کو گھاس کھلانا اس کا شیوہ رہا ہو۔ اس کے بعد اس نے اپنے ملازم کو چند ہدایات دیں۔ تھوڑی دیر کے بعد جب ملازم پھر کمرے میں حاضر ہوا تو میں کیا دیکھتا ہوں کہ چاندی کی ایک عمدہ ٹرے میں سبز سبز دوب خوشنما اور خوشبودار دھلی دھلائی رکھی ہے۔ بڑی باریک کٹی ہوئی گھاس تھی۔ کہ جس کے کھانے سے دانتوں کو ذرا بھی تکلیف نہیں ہوتی تھی۔ گھاس کھانے کے بعد ملازم نمبر دو نے چاندی کی بالٹی میں مجھے پانی پیش کیا۔ ریفریجریٹر کا ٹھنڈا کیا ہوا پانی تھا۔ جس میں جانے کتنی خوشبوئیں اور شربت ملے ہوئے تھے۔ جب میں پانی پی چکا تو ملازم نمبر ۳ نے ایک سفید تولئے سے میرا مونہہ صاف کیا۔

ملازم نمبر ۴ نے آکے پوچھا "آپ پان کون سا نوش فرمائیں گے؟ سادہ کہ قوام والا؟" میں نے کہا "قوام والا بہتر رہے گا۔ مگر دیکھنا قوام لکھنؤ کا ہو، ورنہ سارا مزا کرکرا ہو جائے گا۔" اتنا کہہ چکنے کے بعد میں سیٹھ برجوٹیا کی طرف مڑا اور ان سے پوچھنے لگا۔ "آپ نے اتنا تکلف کس لئے کیا ہے؟"

سیٹھ برجوٹیا نے اپنی کرسی ذرا آگے سرکائی اور میری طرف غور سے دیکھ کر بولا "شریمان جی صاف صاف کہہ دوں؟"

"بالکل صاف صاف کہئے" میں نے زور دے کر کہا۔

"تو بات یہ ہے" سیٹھ برجوٹیا نے میرے اور بھی قریب آتے ہوئے کہا "میں اس پریس کانفرنس میں موجود تھا۔ میں نے اس وقت آپ کی پریس کانفرنس سے اندازہ لگایا کہ آپ پنڈت جی سے اپنے انٹرویو کا اصل مقصد بالکل گول کر گئے ہیں۔ بس وہیں مجھے شبہہ پڑا"

"آہ!" میں نے بات کو کچھ کچھ سمجھتے ہوئے کہا۔

"بس آپ مجھے صاف صاف بتا دیجئے کہ آپ کے اور پنڈت جی کے درمیان کیا کیا باتیں ہوئیں۔"

"باتیں تو بہت سی ہوئیں" میں نے اطمینان سے سرہلا کے کہا "قومی زندگی کی باتیں غیر ملکی سیاست کی باتیں، پنج سالہ پلان کی باتیں۔"

"کچھ ٹھیکے کی باتیں ہوئیں تھیں؟"

میرے ذہن میں تیل کی باتیں سی کا ذکر یاد آیا۔ میں نے کہا "ہاں کچھ ٹھیکے کی باتیں بھی ہوئی تھیں۔

"کتنے کے ٹھیکے کی؟ دس لاکھ یا بیس لاکھ؟"

"اس سے زیادہ۔"

"ایک کروڑ؟ برجوٹیا نے کرسی اور آگے کھسکاتے ہوئے۔

"اس سے بھی زیادہ۔"

"پانچ کروڑ۔؟"

"جی نہیں۔ اس سے بھی زیادہ ——"

"دس کروڑ؟" برجوٹیا کی آواز کانپنے لگی۔ وہ کرسی کھسکاتے کھسکاتے بالکل میرے چہرے کے قریب آگیا۔

"بیس کروڑ سے بھی زیادہ۔" میں نے کہا۔

"بس! بس! آگے مجھے کچھ مت بتایئے۔" سیٹھ برجوٹیا نے میرے ہونٹوں پر ہاتھ رکھتے ہوئے کہا "دیوار کے بھی کان ہوتے ہیں!"

"مگر سنئے تو ——" میں نے احتجاج کرنے کی کوشش کرتے ہوئے کہا۔

"شی شی ——" سیٹھ برجوٹیا نے اپنے ہونٹوں پر انگلی رکھتے ہوئے کہا "مجھے اور کچھ نہیں پوچھنا ہے۔ بس۔ اتنا کافی ہے۔ پچیس کروڑ! باپ رے ... سنئے۔ شریمان جی آج سے آپ میرے پارٹنر ہیں۔"

"پارٹنر؟" میں نے حیران ہو کے کہا "کس بات کے؟"

"اسی سودے کے !" برجوتیا نے اشارہ کرتے ہوئے کہا "جس کا ذکر پنڈت جی سے ہوا۔"

"مگر ـــــ ؟" میں نے کہنا چاہا۔ مگر برجوتیا نے پھر مجھے کاٹ دیا۔

"کوئی اگر مگر نہیں چلے گی میرے ساتھ۔" برجوتیا مجھے سمجھانے لگا "دیکھئے، یوں تو آپ بہت عقل مند ہیں۔ مگر آپ کے پاس روپیہ نہیں ہے اور روپیہ میرے پاس ہے۔ جتنا چاہئے۔ میں آپ کو اس بزنس میں ایک تہائی کا حصہ دار بنا لوں گا۔"

"میں نے انکار میں سر ہلا کے کہا "مگر یہ بھی تو دیکھئے ـــــ"

"اچھا ! اچھا ! میں سمجھ گیا۔ آپ حصہ زیادہ چاہتے ہیں۔ اچھا چلئے ففٹی ففٹی۔ آدھا حصہ میرا۔ آدھا آپ کا۔ روپیہ سب میں لگاؤں گا، چلئے اب تو ٹھیک ہے کیجئے اس کاغذ پر دستخط نہیں کروں گا۔"

برجوتیا نے میری طرف گھور کر دیکھا۔ بولا "میں آپ کو گدھا سمجھتا تھا۔ مگر آپ بڑے کائیاں نکلے۔ اچھا چلئے صاحب میں آپ کو اپنی فرم میں آدھے کا حصہ دار کئے لیتا ہوں۔ اس ٹھیکے کے علاوہ میری فرم کے دوسرے ٹھیکوں میں بھی آپ کا حصہ رہے گا۔ دیکھئے اب نا نہ کیجئے اس کاغذ پر دستخط کر دیجئے۔ میں آپ سے سچ کہتا ہوں۔ اس سے بہتر شرائط آپ کو کہیں نہیں مل سکتیں۔ برجوتیا، برجوتیا اینڈ برجوتیا کا فسٹ کلاس کمپنی کا حصے دار بننا ہندوستان کے کسی بڑے سے بڑے سرمائے دار کے لئے فخر کی بات ہو سکتی ہے۔"

"دیکھئے نا" میں نے کہا "میں ایک معمولی گدھا ہوں۔ اور ۔ ۔ ۔"

برجوتیا قطع کلام کر کے بولا "اس سے کیا ہوتا ہے۔ ہمارے اکثر شیئر ہولڈر گدھے ہوتے ہیں۔ ورنہ ہم اتنا منافع کیسے کما سکیں۔ آپ تو سب جانتے ہیں۔" برجوتیا نے میری کھال میں چٹکی لی۔ اور زور سے قہقہہ لگانے لگا۔ اور اس طرح میری پیٹھ تھپکنے لگا۔ جیسے وہ اور میں بچپن کے لنگوٹیے گدھے رہ چکے ہوں اور برسوں اکٹھے گھاس چرتے رہے ہوں۔

۷۵

پھر اس نے مجھے آنکھ مار کے کہا "میں اسی کوٹھی میں تمہارے رہنے کے لیے ایک علاحدہ کمرہ الگ کیے دیتا ہوں۔ فرسٹ کلاس ایرکنڈیشنڈ کمرہ۔ جیسا کسی مہاراجہ کے ریس کے گھوڑے کو بھی نصیب نہ ہو۔ ہر طرح کے عیش و آرام۔ رات کو تمہیں منی بائی کا ناچ اور گانا دکھائیں گے۔"

میں نے صوفے سے اٹھنے کی کوشش کرتے ہوئے کہا "مجھے تو آپ اجازت دیجئے۔ دیکھئے۔ میں ایک غریب بیوہ کا گدھا ہوں۔ وہ اور اس کے بچے میرا انتظار کر رہے ہوں گے۔ وزیراعظم نے مجھے ان کے لیے ایک رقم دی ہے۔ اسے پہنچانے جاؤں گا۔"

"کہاں جائیں گے آپ؟" برجو ٹیا نے پوچھا۔

"کرشن نگر۔ جمنا کے پار۔"

"تو وہاں تک جانے کی کیا ضرورت ہے؟ میں اپنی بیوک بھیج کر ان لوگوں کو فوراً یہاں بلوائے لیتا ہوں۔ رامو دھوبی کی بیوہ اور اس کے تینوں بچوں کو یہیں کوارٹروں میں جگہ دے دیتا ہوں۔ اور مجھے اپنی کوٹھی میں ایک دھوبن کی ضرورت بھی ہے۔ پہلا دھوبی سالا بڑا کام چور ہے۔ آپ بالکل فکر نہ کیجئے۔ سب ٹھیک ہو جائے گا۔ ویسے آپ گھبرائیے نہیں۔ اگر آپ کچھ دیر سوچنا چاہتے ہیں۔ ابھی کاغذ پر دستخط نہیں کرنا چاہتے، نہ سہی، میں آپ کو مجبور نہیں کرتا مگر اتنی عرض ضرور کروں گا کہ ابھی چند روز آپ میرے مہمان رہتے اس میں مجھے انتہائی مسرت حاصل ہوگی۔"

سیٹھ نے پارٹنرشپ کا کاغذ جیب میں ڈال لیا اور میری طرف اس طرح ملتجانہ نظروں سے دیکھنے لگا کہ مجھ سے انکار نہ ہو سکا۔ پھر میں نے سوچا، چلو میری وجہ سے بے چارے رامو کی بیوہ کو نوکری مل رہی ہے اور اس کے بچوں کے لیے ٹھکانا بھی بن رہا ہے۔ یہاں چند روز رہیں گے۔ کیا برا ہے۔

چھپنا گدھے کے انٹرویو کا
دُنیا بھر کے اخباروں میں،
اور ہجوم
گدھے سے ملاقات چاہنے والوں کا

دوسرے دن مجھے موسیقی کی مدھم مدھم دھنوں کے درمیان خواب خرگوش بلکہ خواب خر سے جگایا گیا۔ میں نے مسہری سے اُٹھ کر دیکھا بہت سے خدام ناشتہ لئے حاضر تھے۔ سوندھی سوندھی بھنی ہوئی باجری کا دلیہ کھانے میں بہت لُطف آیا۔ اس سے پہلے صرف سُن رکھا تھا کہ انسان اپنے مطلب کے لئے گدھے کو بھی باپ بنالیتا ہے۔ آج اپنی آنکھوں سے اس کی تصدیق ہوگئی۔ کیوں کہ جب میں دلیہ کھا رہا تھا، اسی وقت کیا دیکھتا ہوں کہ سیٹھ برجوٹیا ہاتھ میں بہت سے اخباروں کا پلندہ اُٹھائے خوشی خوشی چلے آرہے ہیں۔ آتے ہی اس گرمجوشی سے بغل گیر ہوئے۔ جیسے میں کوئی گدھا نہ تھا، ان کا سگا بھائی یا باپ تھا۔ آتے ہی کہنے لگے "یہ دیکھئے دُنیا بھر کے اخباروں میں آج آپ کی تصویریں چھپی ہیں اور پہلے صفحے پر۔ آج تو آپنے

نہر سویز کے جھگڑے کو بھی پچھلے صفحے پر پھینک دیا۔ یہ دیکھئے ایڈن کی تقریر دوسرے صفحے پر آئی ہے۔ خاص طور سے آپ کے لئے دُنیا بھر کے اہم اخبار ہوائی جہاز سے منگوائے ہیں۔
میں نے دیکھا، ڈیلی مرر لنڈن نے سات کالمی سُرخی دی تھی :

بولتے ہوئے گدھے کی ہندوستانی وزیر اعظم سے ملاقات

دُنیا کا عظیم ترین معجزہ !

اور نیویارک ٹائمز نے پہلے صفحے پر میری اور فرانسس کی تصویریں ساتھ ساتھ شائع کی تھیں۔ اس کے علاوہ ایک ایڈیٹوریل بھی لکھا تھا، جس کا لب لباب یہ تھا کہ اگر پنڈت نہرو ہندوستان کے ایک گدھے کو انٹرویو دے سکتے ہیں تو ہمارے پریذیڈنٹ میٹرو گولڈون میئر کے فرانسس کو شرفِ ملاقات کیوں نہیں بخش سکتے۔ جتنی جلدی اس امر کا انتظام کیا جائے بہتر ہے۔ ورنہ پورے ایشیا میں امریکہ کا وقار خطرے میں پڑ جائے گا۔
لنڈن ٹائمز کی سُرخی تھی :

اب دُنیا کے گدھے بھی جنگ کے خلاف بولنے لگے

مغرب کو خطرہ !

فرانس کے کنزرویٹو اخبار لاماندے نے ایک طنزیہ سُرخی جمائی تھی۔

نہرو کا گدھا

پنج شیلا کی حمایت میں

مگر لاماندے سے کب انصاف کی توقع کی جاسکتی ہے؟ ہندوستان کے تقریباً سبھی اخبارات نے جلی سُرخیوں میں میرا انٹرویو چھاپا تھا۔ بہت سے اخبارات نے ایڈیٹوریل بھی لکھے

تھے اور کئی ایک اخباروں نے اس امر پر کڑی نکتہ چینی کی تھی کہ کیوں پنڈت جی نے ایک معمولی گدھے کو انٹرویو دیا۔ غرض یہ کہ جتنے مونہہ اتنی باتیں۔ مگر اس میں کوئی شبہ نہیں کہ ایک ہی رات میں میں بین الاقوامی حیثیت اختیار کر گیا تھا۔ اور آج ساری دُنیا میں میرا ہی چرچا تھا۔

"جی یہ تار تو دیکھئے۔" سیٹھ برجوٹیا نے مجھے ٹیلی گراموں کے بنڈل کے بنڈل دکھاتے ہوئے کہا۔ بیشتر تار مُبارک باد کے تھے، مگر کچھ کام کے بھی تھے۔

"یہ دیکھئے یہ تار کنچن جنگا پہاڑ کی چوٹی کو سر کرنے کے لئے جانے والی جرمن مہم کی طرف سے آیا ہے۔ انھوں نے لکھا ہے۔ وہ لوگ بڑے خوش ہوں گے اگر آپ صرف پہلے دس ہزار فٹ تک ان کے ساتھ چل سکیں۔ وہ اس بات کی گارنٹی دیتے ہیں کہ آپ پر کوئی بوجھ نہیں لادا جائے گا۔"

"یہ تار دیکھئے مشہور فلم ڈائرکٹر خواجہ احمد عباس اور رمیش سہگل نے درخواست کی ہے کہ آپ ان کی نئی پکچر میں کام کریں۔ تنخواہ دس ہزار روپے ماہانہ، آمد و رفت کے لئے ہوائی جہاز کا کرایہ الگ۔ آپ کے مقابل کام کرنے کے لئے نلنی جیونت۔ نرگس۔ مدھوبالا سے دریافت کیا جا رہا ہے۔ دیکھئے قرعہ انتخاب کس پر پڑتا ہے۔"

"یہ تار دیکھئے مشہور فلم اسٹار گوپ اور بھگوان آپ کے ساتھ مل کر ایک کامیڈی فلم بنانا چاہتے ہیں۔ پبلسٹی میں آپ کا نام ان دونوں سے پہلے دیا جائے گا۔ کہئے منظور ہے؟"

"یہ دی گریٹ رائل انڈین سرکس کی طرف سے آفر ہے۔ وہ لوگ آپ کو لے کر یورپ کے سفر کو جانا چاہتے ہیں ...."

میں نے غصّے میں جھنجھلا کر تاروں کے بنڈل فرش پر پھینک دیئے۔ برجوٹیا نے افسوس سے سر ہلا کے کہا "لوگ اس شہرت کے لئے ترستے ہیں، اور آپ ہیں کہ اس سے انکار کر رہے ہیں۔ ارے صاحب مجھے ایسی شہرت ملے تو میں گدھا کیا ایک سور بننے کے لئے تیار ہوں ...."

میں نے غصّے میں اپنے دانت پیس لئے۔ مگر کچھ کہہ نہ سکا۔

سیٹھ برجوٹیا نے کہا " باہر بہت سے لوگ آپ سے ملنے کی آرزو لئے بیٹھے ہیں ملاقاتیوں کا کمرہ بھر گیا ہے "

" میں کسی سے نہیں ملوں گا " میں نے غصے سے دم ہلاتے ہوئے کہا۔

" کم سے کم آپ دلی میونسپلٹی کے چیرمین سے تو مل ہی لیجئے ــــــ "

" ہائیں " میں نے گھبرا کے کہا " کیا وہ بھی آئے ہیں ؟ "

" جی ہاں " سیٹھ برجوٹیا نے مجھے کچھ اس طرح آنکھ مار کے کہا جیسے یہ سب کیا دھرا اسی کا ہو " دراصل دلی میونسپلٹی آپ کو ایک ایڈریس پیش کرنا چاہتی ہے "

" مجھے ؟ " میں نے حیرت سے چلا کے کہا " ایک معمولی گدھے کو ؟ یہ دلی میونسپلٹی کو کیا ہو گیا ہے ؟ "

" اب آپ معمولی گدھے نہیں رہے " برجوٹیا نے مسرت سے چمکتے ہوئے لہجے میں کہا " اب آپ ہندوستان گیر بلکہ جہاں گیر شہرت کے مالک ہیں۔ دُنیا کے عظیم ترین گدھے ! "

" اور یہ محض اس لئے کہ میں غلطی سے وزیرِاعظم کی کوٹھی میں چلا گیا تھا اور انھوں نے ازراہِ عنایت میری پیٹھ پر ہاتھ پھیرا۔ اور مجھ پر چڑھ کر روش روش سواری کرلی۔ محض اس لئے ؟ ــ حیرت ہے صاحب۔ گدھا میں ہوں کہ آپ ہیں ؟ "

برجوٹیا نے کہا " اگر آپ اجازت دیں تو انھیں بلاؤں "

" نہیں۔ نہیں " میں نے غصے سے کہا " نہیں صاحب۔ میں اس لائق نہیں ہوں کہ دلی میونسپلٹی مجھے خوش آمدید کا ایڈریس پیش کرے "

" دُنیا میں کیا صرف لائق لوگوں ہی کو خوش آمدید کا ایڈریس ملتا ہے۔ اجی جناب آپ بھی کیا باتیں کرتے ہیں " برجوٹیا نے مجھے سمجھاتے ہوئے کہا " اور دیکھئے اب یہ بڑی بدتمیزی ہوگی۔ دراصل میں نے آپ کی طرف سے ہاں کردی ہے۔ اور اب وہ لوگ سب انتظام کر چکے ہوں گے۔ بازاروں میں اشتہار لگ چکے ہیں۔ شہر کی معزز ترین ہستیوں کو دعوت نامے جا چکے ہیں "

ذرا سوچئے تو سہی، اگر آپ نے یہ ایڈریس قبول نہ فرمایا، تو اس سے لوگوں کو کتنی مایوسی ہوگی ــــ اور سُنئے ــــ" برجوٹیا نے آواز نیچی کرتے ہوئے مجھ سے کہا "میری خاطر آپ اسے قبول فرما لیجئے۔ یہ دراصل میں نے خود ہی چاہا تھا یوں ہو جائے۔ اس سے ہماری پارٹنرشپ کو بہت فائدہ پہنچے گا۔"

"کون سی پارٹنرشپ؟" میں نے برافروختہ ہو کے کہا۔

"ارے رے اس کا تو مجھے ذکر ہی نہیں کرنا چاہئے تھا۔" برجوٹیا ہنس کے بولا۔ "اچھا میں جاتا ہوں۔ آپ کی طرف سے ہاں کئے دیتا ہوں۔ کیوں آپ کو ان سے ملنے کی بے کار کی زحمت دوں۔"

"مگر سُنئے تو ــــ" مگر اس نے کچھ نہ سُنا۔ وہ دوسرے کمرے میں چلا گیا۔

تھوڑی دیر کے بعد کیا دیکھتا ہوں کہ لڑکیوں کا ایک جم غفیر میرے کمرے میں داخل ہو رہا ہے۔ تقریباً سب کی سب کالج کی لڑکیاں تھیں۔ ان لوگوں نے ہنستے ہوئے کھلکھلاتے ہوئے قہقہے لگاتے ہوئے مجھے گھیر لیا۔ سب کی سب آٹوگراف بُک کھولے مجھ سے دستخط مانگ رہی تھیں۔ ان کی آٹوگراف بک پر شیلا رمانی۔ دیو آنند۔ راج کپور دلیپ کمار اور دوسرے فلم ستاروں کے دستخط تھے۔ اور اب یہ اپنی آٹوگراف بُک پر میرے دستخط مانگ رہی تھیں کیسی ہیں یہ لڑکیاں؟ جو ایک دلیپ کمار اور ایک گدھے میں تمیز نہیں کر سکتیں، سبھی کو ایک ہی آٹوگراف بُک سے ہانکتی ہیں۔ ان کی آنکھیں اس نام نہاد شہرت سے کتنی چندھیائی ہوئی ہیں۔

جب میں مختلف آٹوگراف دے رہا تھا۔ میں نے دیکھا برجوٹیا ایک لڑکی کو لئے ہوئے خاص طور پر میرے آگے پیچھے گھوم رہا ہے۔ آخر میرے قریب آ کے کہنے لگا۔ "یہ میری بیٹی ہے روپ وتی۔ اس کی آٹوگراف پر خاص طور سے کچھ لکھ دیجئے۔"

میں نے روپ وتی کو دیکھا، لانبی، دُبلی پتلی چھریری سی نازک اندام لڑکی تھی۔ اس کی نگاہوں میں اک عجیب بے باکی تھی۔ اس کی آواز بے حد کھنکھناتی تھی اور ہر ادا تصنع آمیز۔ رنگ روپ کے اعتبار

سے وہ ایک لڑکی نہیں ایک چلتی پھرتی گڑیا دکھائی دیتی تھی میں نے روپ وتی سے پوچھا "کیا لکھوں؟"

وہ ہنس کر بولی "اب میں یہ کیا جانوں۔ لکھنا ہو تو لکھ دیجئے۔ ورنہ ایسی کوئی ضرورت بھی نہیں۔" اس نے اپنی آٹوگراف بک بند کردی۔

"بیٹی!" برجو بیانے اسے ذرا سی ہلکی سی تہدید کے انداز میں ڈانٹا۔ اتنا کم کہ مجھے پتہ نہ چلے۔ مگر مجھے پتہ چل گیا۔ لڑکی کی غصے شعلہ شعلہ بازنگاہیں اک دم بجھ گئیں۔ اور اب ان میں ایک شریر سی چلبلی شوخی آگئی۔ جیسے ان آنکھوں نے اب اپنا لہجہ بدل لیا تھا۔ اس نے بڑے معصوم لہجے میں ہنس کر مجھ سے کہا "کوئی اچھا سا آٹوگراف دیدیجئے نا۔" اس کا نازک ہاتھ میرے شانے پر ایک لمحے کے لئے رک گیا۔ اور اس نے اک لمبی میٹھی سانس لی، اور مجھے ایسا محسوس ہوا جیسے میں کسی سخت سنگ مرمر کے پھسلتے ہوئے فرش والے کمرے میں نہیں ہوں ایک ہری بھری دوب والے گھاس کے مرغزار میں ہوں۔ میرے چاروں طرف خوش گوار گھاس لہلہا رہی ہے۔ ڈھلوانوں پر چشمے ابل رہے ہیں۔ خوش گوار دھوپ نے درختوں کے آس پاس اپنی خوب صورت شطرنج بچھا رکھی ہے۔ اور بادل کے سپید سپید ٹکڑے آسمان میں محوِ خرام ہیں۔

یکایک میں نے مسرور ہو کر زور سے اپنی ڈھینچوں ڈھینچوں کی صدا لگائی۔ وہ صاف کھلی بیباک زندگی کی مسرت سے بھرپور صدا، جب گدھا بے حد خوش ہوتا ہے اور دنیا کو اپنی روح کی موسیقی سے گونجا دیتا ہے۔ وہی موسیقی اس وقت میرے لبوں پر آئی۔

مگر میں نے کیا دیکھا کہ چند لمحوں ہی میں لڑکیاں میری آواز سن کر بھاگ گئیں۔ بہت سی لڑکیاں تو اپنی آٹوگراف بک بھی وہیں بھول گئیں چند لمحوں میں میں اپنے کمرے میں اکیلا کھڑا تھا۔

انسان کس قدر عجیب ہے۔ اسے صرف اپنی مسرت میں موسیقی سنائی دیتی ہے دوسرے کی مسرت بے ہنگم معلوم ہوتی ہے۔

دلی والوں نے چاندنی چوک میں میرا ایک شاندار جلوس نکالا

۸۳

نکلنا گدھے کے جلوس کا چاندنی چوک میں سے
اور پھول برسانا عورتوں کا جھروکوں میں سے
ایڈریس پیش کرنا دہلی میونسپلٹی کا
اور جواب گدھے کا

ناظرین با تمکین۔ اب میں کیا عرض کروں۔ کہ کس ٹھاٹ کا جلوس دلی والوں نے میرا نکالا ہے لاکھوں تو آدمی ہی تھے۔ جو ایک بولتے ہوئے گدھے کو دیکھنے کے لیے آئے تھے بیچاری عورتیں اپنی جاہلیت اور ان پڑھ ہونے کے کارن بڑی اوہام پرست ہوتی ہیں ان کے کان میں کس نے ڈال دیا کہ میں جو بولتا چالتا تھا، یہ گویا ایشور کی کرامات تھی۔ یاروں نے طرح طرح کی باتیں ان ضعیف الاعتقاد عورتوں کے دل میں ڈال دی تھیں جس سے یہ ہوا کہ چاندنی چوک میں سے جب میرا جلوس گزرا تو اوپر مکانوں کی کھڑکیوں سے دورویہ پھولوں کی بارش مجھ پر ہوتی رہی۔ جلوس میں جا بجا "گدھے کی جے" کے نعرے بلند ہوتے اور جگہ جگہ میری سواری کو ٹھہرا کر عوام کو میرے درشنوں کا موقع دیا جاتا، اور مجھ سے کہا جاتا کہ چند فقرے دعائیہ یا شکریے کے طور پر ان لوگوں کے سامنے

بول دوں، تاکہ ان لوگوں کو یقین آجائے کہ میں کوئی بالکل گدھا یا فراڈ نہیں ہوں۔ واقعی انسانی زبان بولتا ہوں۔ چنانچہ کئی جگہ مجھے بولنا پڑا۔ میرے بولتے ہی لوگوں کی عجیب حالت ہوتی تھی۔ کئی لوگ تو غش کھا کے گر پڑتے۔ بہت سے لوگ زمین پر گھٹنوں کے بل گر کر ہاتھ جوڑنے لگتے یا زمین پر لیٹ کر ساکشات ڈنڈوت کرنے لگتے۔ سارے شہر میں ایک عجیب مذہبی محویت کا عالم طاری ہوگیا تھا اور جیسا کہ مجھے بعد میں پتہ چلا۔ یہ سب انتظام سیٹھ برجوٹیا نے کیا تھا۔

اس روز واقعی مجھے خوب اچھی طرح سے اُبٹن اور خوشبوئیں مل کر نہلایا گیا تھا۔ زندگی میں میں نے کبھی اپنے آپ کو اس قدر صاف ستھرا محسوس نہیں کیا۔ ایک بہت ہی خوشنما زرکار جھول میری پیٹھ پر پڑی ہوئی تھی۔ سونے کا جھومر میرے ماتھے پر تھا اور گلے میں موتیوں کے بے شمار ہار لدے ہوئے تھے۔ اور خادم میرے ساتھ تھے، جو برش لے کر ہر دو سو گز کے بعد میرے جسم سے مٹی صاف کر دیتے تھے۔ کیوں کہ رستے میں مٹی بہت اُڑ رہی تھی۔ ایک خادم گلاب پاش لئے میرے جلو میں تھا اور ہر چند منٹ کے بعد میرے جسم پر گلاب کے مقطر عطر کی بارش کر دیتا تھا۔ آج صبح صبح برجوٹیا سیٹھ کے حجام نے خاص طور پر میری دم کی حجامت کی تھی اور بالوں کو نہایت خوشنما انداز میں کاٹا تھا۔ اور میرے سموں کے ناخنوں کو سنوارا تھا۔ اس میں کوئی شبہ نہیں کہ آج میں دنیا کا خوب صورت ترین گدھا لگ رہا تھا۔

کشاں کشاں مجھے ٹاؤن ہال کے اندر لے جایا گیا مجھے دیکھتے ہی ٹاؤن ہال کے اندر جتنے بھی حاضرین اور عمائدین شہر جمع تھے اُٹھ کھڑے ہوئے اور مجھے باقاعدہ تعظیم دے کر بیٹھ گئے۔ مجھے اسٹیج پر لے جایا گیا۔ میرے سامنے مائیکروفون رکھا گیا۔ پھر مختلف انجمنوں کی طرف سے ہار ڈالے گئے اور تحفے تحائف پیش کئے گئے۔ میونسپلٹی نے اپنے ایڈریس میں کہا:

حس وقت آپ پہلے پہل ہماری میونسپلٹی میں تشریف لائے اس وقت ہمیں معلوم نہ تھا کہ آپ کون ہیں۔ ہم نے آپ کو ایک معمولی گدھا سمجھا اور لات مار کے باہر نکال دیا۔ آج ہمیں اپنے عمل پر بڑی ندامت محسوس ہو رہی ہے کہ ہم نے دنیا کی ایک عظیم ہستی کے ساتھ ایسا سلوک کیا۔ یہ جلسہ

اس نازیبا سلوک کی تلافی تو نہیں کر سکتا، لیکن ہم اس بھرے مجمع میں بڑی صدق دلی سے آپ سے معافی مانگتے ہیں۔ شریمان گدھے جی۔ آپ ہمیں معاف کر دیجئے۔ یہ ہماری آپ سے بنتی ہے!

اب، ہمیں اُمید ہے کہ آپ ہمیں ضرور معاف کر دیں گے۔ کیوں کہ آپ کا دل بہت بڑا ہے۔ آپ کا حوصلہ بہت بڑا ہے۔ اور آپ بہت بڑے گدھے ہیں۔ شریمان جی جس طرح آپ نے رامو دھوبی کی وفات پر اس کی بیوہ اور بچوں کے نان نفقے کے لئے خود پیدل دفتر دفتر گھوم کر کوشش کی ہے۔ اس سے معلوم ہوتا ہے کہ آپ کے دل میں غریبوں کے لئے کتنی ہمدردی ہے۔ آپ گدھے ہو کر انسانیت کا دُکھ اور درد اپنے سینے میں چھپائے گھومتے ہیں۔ کاش ہر انسان آپ کی طرح گدھا ہوتا۔

آپ نے اپنے حُسنِ سلوک، صلح جوئی، نیکی، ہمدردی اور انسانیت کا جو روشن ثبوت بہم پہنچایا ہے۔ اس سے متاثر ہوتے ہوئے یہ میونسپلٹی آپ کو دلی کے شہری حقوق عطا کرتی ہے۔ افسوس کہ نئی دلی میں گدھوں کا داخلہ بند ہے۔ ورنہ آپ کو وہاں کے مستقل شہری حقوق بھی پیش کر دیئے جاتے بہر حال جو کچھ ہم غریبوں سے ہو سکا۔ حاضر ہے۔

گر قبول افتد زہے عزّ و شرف!

(مجمع کی طرف سے دس منٹ تک تالیوں کی پُر شور آوازیں)

اس ایڈریس کے بعد انجمن برائے انسدادِ بے رحمیٔ حیوانات کی طرف سے ایک ایڈریس پیش کیا گیا۔ ایک ایڈریس انجمن اسپانِ ریس کورس کی طرف سے پڑھا گیا اور ایک ایڈ رنجمن ریڑھی فروشان کی طرف سے جو بالعموم اپنی ریڑھیوں میں گدھے استعمال کرتے ہیں پیش کیا گیا ان تینوں

ایڈریسوں میں میری خدمات کو سراہا گیا تھا۔ ان خدمات میں یہ ایڈریس اس قدر اضافہ کرتا چلا جا رہا تھا کہ اب میں نے شرمسار ہونا چھوڑ دیا تھا، اور اپنی خدمات پر ایمان لے آیا تھا۔ انجمن ریڑھی فروشان کے ایڈریس کا آخری فقرہ کچھ اس طرح کا تھا۔

"آپ نے صرف دلّی کے گدھوں کی بلکہ سارے ہندوستان کے گدھوں کی لاج رکھ لی۔ آپ کی ذاتِ گرامی ہماری قوم کے لیے وجہ قرار ہے باعثِ صد افتخار ہے۔ آپ کی وجہ سے ہندوستان کے گدھوں کا وقار ساری دُنیا میں بلند ہو رہا ہے۔ خدا آپ کو رہتی دُنیا تک شاد و آباد رکھے اور قوم کی خدمت کے لیے ہمیشہ محفوظ و مامون رکھے۔ وغیرہ وغیرہ...."

ان تمام ایڈریسوں کے بعد اب میری باری آئی۔ کہ میں شکریے کے چند کلمات گوش گزار کروں۔ چنانچہ میں مائیکروفون ہٹانے لگا۔ تو چیرمین نے فرمایا "حضور یہ مائیکروفون ہے۔"

میں نے کہا "مجھے معلوم ہے کہ یہ مائیکروفون ہے۔ اسی لیے تو اسے ہٹا رہا ہوں کیوں کہ میں گدھا ہوں، اور میری آواز اس قدر بلند ہوتی ہے کہ مجھے مائیکروفون کی ضرورت نہیں محسوس ہوتی۔"

اب جلکے چیرمین صاحب کی خدمت میں کہیں میری بات سمجھ میں آئی۔ انھوں نے ایک خادم سے مائیکروفون پرے ہٹانے کو کہا اور جب مائیکروفون میرے سامنے سے ہٹ گیا تو میں نے اپنی تقریر شروع کی :

"خواتین و حضرات، یہ دلّی ہے۔ یہ وہ دلّی ہے جو سینکڑوں بار بسی اور اُجڑی، اُجڑی اور پھر بسی۔ یہاں بڑے بڑے بادشاہ آئے اور اپنی کر و فر دکھا کے چلے گئے۔ یہاں بڑے بڑے گدھے آئے اور اپنی اپنی بولیاں سُنا کے اُڑنچھو ہو گئے۔ آج بھی آپ اپنے سامنے ایک گدھے کو دیکھ رہے ہیں۔ جس میں اس کے علاوہ اور کوئی خاص بات نہیں ہے کہ وہ ایک گدھا ہو کے انسانوں کی بولی بول سکتا ہے۔ اس میں کوئی عجیب بات نہیں ہے، اگر ایک انسان کا لڑکا بھیڑیوں

میں رہ کر بھیڑیوں کی سی صفات اختیار کر سکتا ہے تو ایک گدھا انسانوں میں رہ کر انسانوں کی سی خصلت کیوں نہیں پا سکتا۔ اس میں کوئی عجب بات نہیں۔ آپ نے مجھے ایڈریس پیش کیا۔ کیوں کہ میں ایک گدھا ہو کر انسان کی سی باتیں کرتا ہوں۔ لیکن آپ نے ان لاکھوں انسانوں کو ایڈریس پیش نہیں کیا جو انسان ہو کر گدھوں کی سی باتیں کرتے ہیں۔

آپ نے بالکل ٹھیک کہا۔ کیوں کہ انسان اشرف المخلوقات ہے۔ اس میں سمجھ ہے، عقل ہے، ہوشمندی ہے اور دانشمندی ہے۔ اور یہ تمام چیزیں اس کے حصے میں جانوروں سے کہیں زیادہ آئی ہیں۔ اس لئے وہ ہم سے ممتاز ہے۔

آج مجھے یہاں سے بولنے کی ضرورت نہ پڑتی۔ اگر میں آج محسوس نہ کرتا کہ انسان اپنی دانش، اپنی عقل، اپنی تاریخ کے تجربے کو بالائے طاق رکھ کر موت کی خطرناک وادیوں میں گم ہوتا چلا جا رہا ہے۔ آج وہ زندگی کو نہیں موت کو تلاش کر رہا ہے۔ بڑی سے بڑی موت ہیبتناک، ہولناک، کروڑوں آدمیوں، گدھوں، جانوروں، درختوں، پتوں، جھاڑیوں کو جلا کر خاک کر دینے والی موت۔ آج انسان اس زمین پر جنت نہیں جہنم کو اُتارنے پر مصر ہے، آج انسان کے اس اقدام سے نہ صرف گدھوں کو خطرہ ہے۔ بلکہ دُنیا کے ہر جانور کو خطرہ ہے۔ ہر درخت کو خطرہ ہے، ہر پتے کو خطرہ ہے۔

اسی لئے میں آج بے زبان گدھا ہوتے ہوئے بھی انسانوں کی زبان میں آپ لوگوں سے کہنے آیا ہوں۔ اے انسان، اے برادر محترم۔ آج تیری وجہ سے ہر جاندار شے کو خطرہ ہے جنگل کے شیر سے لے کر جھیل میں کھلتے ہوئے کنول تک ہر جاندار شے کو خطرہ ہے۔ ہم تیرے بھائی ہیں، ارتقا کے رشتے سے تجھ سے بہت دور ہیں۔ لیکن زندگی کے رشتے میں تجھ سے بہت قریب ہیں۔ استنے تعصب اور خود غرضی کی بنا پر شاید تجھے یہ حق تو پہنچتا ہے کہ تو اپنے دُشمن کو ہلاک کر دے۔ لیکن تجھے یہ حق نہیں پہنچتا کہ تو اس کرۂ ارض پر اپنی اپنی موت سے ساری زندگی کو ختم کر ڈالے۔

٨٨

اگر تجھ میں انسانوں کی سی سوجھ بوجھ نہیں رہ گئی ہے۔ تو گدھوں کی عقل سے کام لے ایک خرگوش کی عقل سے کام لے۔ ایک ابابیل کی عقل سے کام لے۔ دیکھ بھیڑیا کس طرح اپنے بچوں کی حفاظت کرتا ہے۔ درخت کے تنے میں زندگی کا رس کیسے دوڑتا ہے۔ پتہ سورج کی شعاعوں سے کیسے کیمیائی غذا حاصل کرتا ہے۔ کاش تو ایک گدھے کی نہیں، ایک پتے کی عقل ہی سے کام لے سکے۔ اے میرے انسان، اے برادرِ محترم۔ موت کی طرف سے لوٹ آ، اس کرۂ ارض پر چاروں طرف زندگی، سہمی سہمی اداس زندگی تیرے ہاتھوں کی طرف دیکھ رہی ہے تو ہمیں کیا دے گا۔ بم کر زندگی، وجود، کہ لاوجود؟ "

٨٩

مِلنا
گدھے
کا
لیڈی سارے گاما گاؤ سے

اس روز سیٹھ من سُکھ لال نے اپنی کوٹھی پر میرے اعزاز میں رات کو ایک بہت بڑی دعوت کا انتظام کیا تھا۔ دعوت اس لحاظ سے بڑی نہیں تھی کہ اس میں بہت سے لوگ آئے تھے۔ بلکہ اس لئے بڑی تھی کہ بڑے بڑے لوگ آئے تھے۔ یعنی وہ لوگ جنھیں یہاں کی سوسائٹی میں بڑا سمجھا جاتا ہے کوئی دو سو کے قریب عمائدینِ شہر تشریف فرما تھے۔ ہر ایک کی یہی کوشش تھی کہ کسی طرح مجھ سے ہاتھ ملائے۔ مجھ سے باتیں کرے۔ میرے ساتھ ان کا فوٹو اُترے۔ یہ بڑے لوگ ہیں۔ اندر سے کتنے چھوٹے ہیں سستی شہرت کے کتنے بھوکے رہتے ہیں۔ یہاں میں یہ بھی کہوں گا کہ ان میں سے کچھ لوگ ایسے بھی تھے جنھیں میرے ساتھ فوٹو کھنچوانے پر اصرار نہ تھا، بلکہ جو بظاہر مجھ سے بات تک نہ کرنا چاہتے تھے۔ ان میں سے بڑے کروڑپتی سیٹھ بھاٹیہ جی تھے جو دو تین بنکوں

کارخانوں، بلڈنگوں کے مالک تھے۔ ان کے سکریٹری نے دعوت کے دوران میں مجھ سے آکے کان میں کہا "سیٹھ بھاٹیہ جی آپ سے ملنا چاہتے ہیں، اکیلے میں آپ کوئی وقت دیجیے۔"

ابھی میں کوئی جواب سوچ بھی نہ پایا تھا کہ سیٹھ من سُکھ لال جی مجھے وہاں سے ٹہلا کے مہمانوں کے دوسرے ہال کی جانب لے گئے اور پھر وہیں پر میرا وہی تعارف شروع ہوا۔ اور وہی لمبی چوڑی بے سروپا باتیں تھیں۔ اتنے میں وہاں بھی ایک پروقار اور وجیہہ آدمی جو شکل وصورت سے کسی سٹیٹ کا مہاراجہ معلوم ہوتا تھا مگر بعد میں لالہ ہردیال پشکرنی کا منیم معلوم ہوا۔ وہ مجھے ایک طرف لے جاکے کہنے لگا۔ "وہ پچیس کروڑ روپے کی سکیم کے سلسلے میں ہمارے سیٹھ پشکرنی جی آپ سے بات کرنا چاہتے ہیں۔"

ابھی میں ان سے کچھ نہ کہنے پایا تھا کہ جلدی سے سیٹھ من سُکھ لال جی ہانپتے ہوئے آئے اور بولے "بھئی وہ لیڈی سارے گاما گاؤ ہیں ناجو دلنگڈن کلب کی صدر بھی ہیں، انھیں تم سے ملنے کا بڑا اشتیاق ہے۔"

میں نے کہا "یہ سارے گاما تو ہندوستانی موسیقی کی آدھی پستک ہے۔"

وہ بولے "نہیں بھائی۔ یہ ان کا نام ہے۔ گو انھیں ہندوستانی موسیقی سے بھی بہت دلچسپی ہے۔ بہرحال تم چل کے ان سے مل تو لو اس کے بعد میرے گلے میں ہاتھ ڈال کے اور پشکرنی جی کے منیم کی طرف زور سے گھور کر گویا یہ کہہ کر 'اچھا تمھاری یہ چال کہ میرے ہی شکار پر ہاتھ صاف کرنا چاہتے ہو، مجھے وہاں سے اپنے مخالفوں کے نرغے سے نکال کے لیڈی سارے گاما کی طرف لے چلے۔ مگر رستے میں چند خواتین نے ہمیں گھیر لیا۔

مسز گلال چند جن کا چہرہ واقعی سُرخی لگانے سے گلال ہو رہا تھا۔ بولیں "من سکھ لال جی ہمیں بھی تو آج کے 'ہیرو' سے ملاؤ۔۔۔"

من سُکھ لال جی نے اِدھر اُدھر دیکھا۔ پانچ چھ خواتین تھیں۔ یہ سب بڑے بڑے تاجروں اور سیٹھوں کی دوسری یا تیسری یا چوتھی بیویاں تھیں۔ یہ عورتیں یہاں کی سوسائٹی کی اصلاح میں

سوشل کانٹیکٹ بیویاں کہلاتی ہیں۔ یہ نودولتے لوگوں کی نئی بیویاں تھیں۔ پرانی گنوار بیویاں جو جو وہ اپنے گاؤں سے لائے تھے، جنھوں نے ان کے لئے سات آٹھ بچّے جنے تھے، ایک دھوتی میں گزر کی تھی اور ایک ایک پائی سنبھال کے رکھی تھی، وہ بیویاں اب نئے حالات میں متروک ہوگئی تھیں۔ جیسے کچھ الفاظ لغت سے ٹکسال باہر ہوجاتے ہیں۔ اس طرح وہ بیویاں اب نئے سماج کے تقاضوں کو پورا کرنے کے نااہل تھیں۔ اس لئے سماج باہر ہوگئی تھیں۔ اس سماج میں بدن کی خوب صورتی، بال روم کی برہنگی اور برجستہ انگریزی کی گفتگو کس قدر لازمی تھی۔ اس سے زیادہ ان غریب عورتوں کے پاس اور کچھ تھا بھی نہیں۔ یعنی اگر ان کے دماغ کے کپ بورڈ کے خانے کھولے جائیں تو آپ کو ایک خانے میں چند ساڑھیاں ملیں گی۔ ایک خانے میں آرائش کا مختصر سا سامان ملے گا۔ ایک خانے میں چند سکینڈل ملیں گے۔ ایک خانے میں انگریزی کے مشکل سے ڈیڑھ دو سو لفظ ملیں گے۔ ایک خانے میں پالتو بندر اور کتّے گھسے ہوں گے۔ نیچے والا خانہ بالعموم خالی ہوگا مگر اس نئے سماج میں جو نت نئے پراجیکٹوں، ڈیمو اور ٹھیکوں کی وجہ سے پیدا ہو رہا تھا اس سماج میں ان عورتوں کی حیثیت مسلم تھی۔ ان میں سے کوئی تو سیمنٹ گرل کہلاتی تھی۔ جس نے اپنے خاوند کو سیمنٹ کا پرمٹ لے کے دیا تھا۔ کوئی آئرن گرڈر گرل۔ کوئی پیپر گرل تھی تو کوئی ہیوی مشینری گرل ایک سیٹھ نے تابڑ توڑ سات شادیاں کی تھیں۔ صرف اسی ایک بات سے پتہ چلتا تھا کہ اس سیٹھ کا دھندا کتنا پھیلا ہوا تھا۔

سیٹھ من سکھ لال نے اِدھر اُدھر بڑی مجبوری اور بے چارگی سے دیکھا۔ پھر ان پانچ چھ خواتین کی طرف دیکھا۔ اور اسے ہر طرف مگر مچھ ہی مگر مچھ نظر آئے۔ جو اس غریب کے پچیس کروڑ کے ٹھیکے کو نگل جانے کے لئے بیتاب نظر آتے تھے۔ پیشتر اس کے کہ وہ مجھے ان کے نرغے سے بچا کے لے جانے کے لئے کوئی عمدہ سا بہانہ ڈھونڈھ سکتی، صوفے پر بیٹھی ہوئی ان خواتین نے اٹھ کر مجھے چاروں طرف سے گھیر لیا۔

مسز گلال چند بلّی کی طرح خُرخُر کرتی ہوئی میرے کانوں پر ہاتھ پھیر کر بولی "ہاؤ سویٹ!"

"اینڈ ہاؤ ہینڈسم!" مسز ڈلارانی میرے ماتھے پر ہاتھ پھیر کر بولیں "یہ تو مسٹر گاؤلز سے بھی ہینڈسم ہے ـــــــ یاد ہے کملا؟"

کملا کو خوب یاد تھا کیوں کہ کملا جن سیٹھ کی تیسری بیوی تھی اسے مسٹر گاؤلز سے ایک دفعہ کام پڑا تھا۔ مسٹر گاؤلز ایک اجنبی انجینیر تھا اور یہاں ایک پراجکٹ کی تکمیل کے سلسلے میں آیا تھا بعد میں گو نکال دیا۔ مگر اتنے عرصے میں کملا کے سیٹھ نے آٹھ لاکھ کا سودا کھرا کر لیا تھا کملا کو اچھی طرح یاد تھا۔ کیوں کہ ان دنوں مسز ڈلارانی اور کملا میں اس ٹھیکے کے سلسلے میں بہت چل گئی تھی دونوں مسٹر گاؤلز کو بہت حسین اور وجیہہ سمجھتی تھیں۔ مگر آخر میں پلا کملا کا ہی بھاری رہا۔

کملا کا جسم بے حد خوب صورت تھا۔ اس قدر نپا تلا اِنچوں تک، صحیح معیارِ حُسن پر ڈھلا ڈھلایا کہ یہ جسم خدا کا نہیں فورڈ موٹر کمپنی میں تیار کیا ہوا معلوم ہوتا تھا۔ اس کی آواز اس قدر یکساں طور پر شیریں تھی کہ کسی عورت کی آواز نہیں پیانو کا سُر معلوم ہوتی تھی۔ اس کی چال جس پر ولنگڈن کلب کا ہر ممبر فدا تھا اور جو بھئی ایمان کی بات ہے واقعی بہت عمدہ تھی، اس قیامت کی تھی کہ معلوم ہوتا تھا کہ اس کے پاؤں گڈویر کمپنی نے خاص طور پر نئے ٹائروں کی ساخت کے اصولوں کو اچھی طرح سمجھ کر بنائے ہیں کملا کا دل ـــــــ بس یہی ایک خرابی کملا میں تھی کہ کملا کے دل نہیں۔ وہاں پر ایک پرمٹ کا فارم تھا۔ رجسٹریشن کا کاغذ تھا۔ ٹھیکے کا ٹنڈر تھا۔ مگر دل نہیں تھا۔ جو لوگ اس پر فدا ہوتے تھے اور اسے ٹھیکہ نہیں دیتے تھے انھیں بہت جلد اس کا پتہ چل جاتا تھا اور جو اپنے تھے انھیں بھی پتہ چل جاتا تھا، مگر ذرا دیر کے بعد۔ جب ٹھیکہ ان کے ہاتھ سے نکل چکا ہوتا۔ مگر اب کیا ہو سکتا تھا۔

کملا نے اپنی بڑی بڑی حسین آنکھیں میری آنکھوں میں ڈال دیں اور اک شہد آگیں غنودگی آمیز لہجے میں بولی "تم! یو رُ ڈنکی۔ سچ مچ بڑے ڈارلنگ ہو۔" اس نے میری پیٹھ پر آہستہ سے ہاتھ پھیرا کہ مجھے یہ محسوس ہوا کہ جدھر جدھر سے اس کا ہاتھ جا رہا ہے۔ وہاں کی کھال مکھن کی طرح چکنی ہوتی جا رہی ہے عنقریب تھا کہ میں اس کے عشق میں غش کھا کے گر پڑتا

اگر سیٹھ من سکھ لال کی دُختر نیک اختر یعنی مس روپ وتی مین اس موقع پر آ کے مجھے سنبھالا نہ دیتی اس نے آتے ہی اس طرح غضب ناک نگاہوں سے کملا کو گھور کے دیکھا کہ کملا فوراً میری پیٹھ پر سے ہاتھ اُٹھا کے پلٹ گئی۔ مگر پلٹتے پلٹتے بھی اپنی ساڑھی کا پلّو سنبھال کے اپنی کمر کے نازک لوچ دکھا گئی۔

مس روپ وتی نے مجھ سے کہا "آپ پھر آجائیے گا۔ اس وقت ان سے معافی مانگ لیجیے گا۔ لیڈی سارے گاما گا، آپ کو کب سے یاد کر رہی ہیں"۔

میں نے زیرِ لب ان خواتین سے معذرت چاہی۔ اور مس روپ وتی کے ہمراہ آگے بڑھ گیا۔ جب ذرا آگے بڑھ گئے تو پیچھے سے ایک خاتون کی آواز آئی "چھی، کمینی!"

غالباً یہ مس روپ وتی کی طرف اشارہ ہوگا۔

لیڈی سارے گاما گاؤ بڑی بڑی غلافی آنکھوں والی۔ بھاری کولھوں والی۔ فربہ اندام پُر وقار عورت تھی۔ اس کے بال آدھے سیاہ، آدھے سفید تھے۔ اس کے بولنے کا انداز۔ اس کے قہقہے کا گھرج اسے ہر جگہ عورتوں میں ممتاز کر دیتا تھا۔ یوں بھی تو اس کے من میں انسانیت کے بجائے ایک عجیب طرح کے مردانہ تیور پائے جاتے تھے۔ ایسا معلوم ہوتا تھا کہ اسے بناتے وقت خدا اس تذبذب میں پڑ گیا تھا کہ اسے مرد بنائے یا عورت، لیڈی سارے گاما گاؤ اسی الوہی تذبذب کی مظہر تھی۔

مجھے دیکھتے ہی وہ اپنے صوفے سے اُٹھی۔ اور میرا دایاں کان اپنے بائیں ہاتھ سے زور سے کھینچ کر بولی "کیسے ہو، نوجوان؟"

"اچھا ہوں مادام" میں نے کورنش بجاتے ہوئے کہا۔

لیڈی سارے گاما گاؤ نے اِک زور کا مردانہ قہقہہ لگایا۔ اور پھر میری پیٹھ پر ایک زور کا ہاتھ مارتے ہوئے جس نے غالباً میری ایک آدھ پسلی ضرور توڑ دی ہوگی کہا "دیکھا، میں نے تمھیں کتنی جلدی پہچان لیا"۔

میں نے کہا" گدھا ہزار آدمیوں میں بھی پہچانا جاتا ہے ۔ خوب صورت دماغ والی عورت ہزار حسین عورتوں میں بھی پہچانی نہیں جا سکتی !"

"ہا ہا ہا" لیڈی سارے گاماگاؤ نے پھر اک زور کا قہقہہ لگایا ۔ اور میری پیٹھ پر دوسرا ہاتھ مار کر اور غالباً دوسری پسلی بھی توڑ کر بولیں ۔

"میرے شوہر سے ملو ــــــــ سرسارے گاماگاؤ"

سرسارے گاماگاؤ ۔ بڑے دُبلے پتلے سَی ، شرمیلے قسم کے آدمی معلوم ہوتے زیرلب کچھ گنگنا کے رہ گئے ۔ ایسے لجلجے ، بے کر ، بے ریڑھ کی ہڈی کے آدمی دکھائی دیتے تھے ۔ معلوم ہوتا تھا کہ اپنی ساری ہڈیاں ، پسلیاں جسم سے نکلوا کے بنک کے کسی لاکر میں رکھ کے آئے ہیں تاکہ بیوی کی دست برد سے محفوظ رہیں ۔ لیڈی سارے گاماگاؤ کے پیچھے پیچھے اس طرح چلتے تھے جس طرح ننھا سا پیکینز کتا اپنی مالکہ کے پیچھے پیچھے پوں پوں کرتا ہوا چلتا ہے ۔

لیڈی سارے گاماگاؤ نے مجھے اپنے شوہر کی طرف گھورتے ہوئے دیکھ کر کہا "ان کی طرف زیادہ نہ گھوریئے ۔ ورنہ ابھی ان کا ہارٹ فیل ہو جائے گا" سرسارے گاماگاؤ کا چہرہ کانوں تک سُرخ ہو گیا ۔ دوسرے لمحے میں گردن تک زرد ہو گیا ۔ ہونٹ پیلے پڑ گئے ۔ انھوں نے کچھ بولنے کی کوشش کی مگر کامیاب نہ ہو سکے ۔ لیڈی سارے گاماگاؤ نے کہا "آپ کی دانش وری کی بڑی تعریف سُنی ہے ۔ اور اس وقت معاملہ بھی ایک ایسا آن پڑا ہے جس کا فیصلہ کوئی دانشور ہی کر سکتا ہے ۔"

"میں تو ایک معمولی گدھا ہوں ۔"

لیڈی سارے گاماگاؤ نے کہا "اب آپ بنیئے نہیں ، ہم سب جانتے ہیں ۔ بات دراصل یہ ہے ، میرے ننھے گدھے ، کل شام کو ہمارے ولنگڈن کلب میں مقابلہ حسن ہے ۔ شہر کی حسین ترین عورتیں اس مقابلے میں حصہ لے رہی ہیں ۔ ہم چاہتے ہیں کہ اس بار اس مقابلہ کا فیصلہ کرنے کے لئے کسی آدمی کو جج مقرر نہ کیا جائے ۔ بلکہ تمھیں ــــــــ ایک

گدھے کو ــــــــــ اس کا جج مقرر کیا جائے۔"

"وہ کیوں؟" میری دلچسپی ذرا بڑھی۔ میں نے اس لئے یہ سوال کر لیا۔

وہ بولی۔ "اس لئے کہ مرد عورتوں کو ہمیشہ دلچسپی کی نظر سے دیکھتے آئے ہیں۔"

"آپ کو کیسے معلوم ہے کہ ایک گدھا نہیں دیکھ سکتا۔"

لیڈی سارے گا ما گاؤ ہنس کر بولی "کوئی مضائقہ نہیں۔ مگر اب کے ہم تمہیں اس مقابلۂ حسن کا جج بناتے ہیں۔ ایک تو بھئی۔ یہاں ہمارے کلب میں مردوں میں اس قدر چلتی ہے کہ ہر شخص اپنی محبوبہ کے حق میں تُلائے دینے کے لئے تُلا ہوا ہے۔ مطلب یہ ہے کہ کسی نہ کسی کو کسی نہ کسی سے دلچسپی ہے۔ اس صورت میں کوئی غیر جانبدار آدمی ڈھونڈ نکالنا بہت مشکل کام ہے۔ خوش قسمتی سے تمہاری آمد نے ہماری مشکل کو تقریباً حل کر دیا ہے۔ تقریباً اس لئے کہ ہم نہیں جانتے کہ تم عورتوں کے حسن کے بارے میں کچھ جانتے بھی ہو کہ نہیں؟"

میں نے کہا "میں ایک گدھا ہوں اس امر کے بارے میں جو کچھ میں نہیں جانتا وہ دنیا میں کوئی دوسرا آدمی بھی نہیں جان سکتا۔"

"وہ کیسے؟"

میں نے کہا "اگر آپ نے تاریخ کا مطالعہ کیا ہو۔ تو آپ کو معلوم ہوگا کہ رومن شہنشاہیت کے زمانے میں حسین عورتیں صرف گدھی کا دودھ پیتی تھیں۔ کیوں کہ گدھی کے دودھ کے اجزائے مرکب انسانی ماں کے دودھ کے اجزائے مرکب سے بہت مماثلت رکھتے ہیں۔ یہ کوئی مذاق کی بات نہیں کہہ رہا ہوں میں۔ آپ آج ہی کسی ڈاکٹر سے اس کی تصدیق کر سکتی ہیں۔ چنانچہ اُس زمانے میں حسین عورتیں افزائشِ حسن کے لئے گدھی کا دودھ پیتی تھیں، اور اسی کے دودھ سے غسل فرماتی تھیں تاکہ جلد سپید اور چکنی رہے۔ چنانچہ اسی وجہ سے رومن شہنشاہیت کے زمانے میں عورتوں کی جلد اس قدر سپید اور حسین ہوتی تھی۔ آج کل جب سے عورتوں نے گدھوں کے بجائے کُتے پالنے شروع کئے ہیں اور دودھ میں غسل کرنے کی بجائے پاؤڈر لگانا شروع کیا ہے۔

ان کی کھال بدصورت سے بدصورت تر ہوتی جا رہی ہے۔ مادام یہ میں جانتا ہوں کہ ایک حسین عورت اپنے لپ سٹک اور پاؤڈر کے نیچے کتنی بدصورت ہوتی ہے۔"

لیڈی سارے گا ما گاؤ جو اپنے مردانہ پن اور نسائی بدصورتی کے لئے سارے کلب میں مشہور تھیں اور لپ اسٹک پاؤڈر بالکل نہیں لگاتی تھیں۔ میری اس نادانستہ تعریف سے بہت خوش ہوئیں۔ بولیں "بس، بس۔ کل کے مقابلۂ حسن کے آپ ہی جج ہیں۔ مگر ایک بات یاد رکھئے گا۔ کہیں آپ ہم عورتوں کے حسن کا معیار کسی گدھی کے حسن سے نہ جانچنا شروع کر دیں۔ مثال کے طور پر ایک عورت کی دو ٹانگیں ہوتی ہیں، اور ایک گدھی کی چار۔"

میں نے کہا اور ایک کیکڑے کی آٹھ ہوتی ہیں اور ہزار پائے کی ایک ہزار ٹانگیں ہوتی ہیں۔ جی نہیں۔ آپ بالکل مطمئن رہیئے۔ میں دو ٹانگوں والے جانوروں کے حسن کا معیار چار ٹانگوں والے جانوروں سے بالکل الگ سمجھتا ہوں۔"

"بڑی نوازش ہوگی۔ آپ کی۔ کل آپ ساڑھے چھ بجے ولنگڈن کلب میں تشریف لائیں۔ میں اپنی گاڑی میرا مطلب ہے۔ ایک ٹرک بھیج دوں گی۔ مجھے اُمید ہے کہ آپ کے میزبان جناب سیٹھ من سکھ لال کو کوئی اعتراض نہ ہوگا۔"

سیٹھ من سکھ لال جو اب تک اس گفتگو کے انجام سے ڈر رہے تھے۔ اب قدرے مطمئن ہو کے بولے "جی۔ نہیں۔ آپ ہماری مہمان کی عزت افزائی کر رہی ہیں۔ تو گویا اس میں ہماری بھی عزت ہے۔ میں خود اگر آپ اجازت دیں تو اس موقع پر حاضر رہوں گا۔ خصوصاً اس لئے بھی کہ میری بیٹی روپ وتی بھی اس مقابلۂ حسن میں شریک ہو رہی ہے۔"

"ہاؤ سویٹ!" لیڈی سارے گا ما گاؤ نے بڑی نفرت سے روپ وتی کے بانکے سجیلے جسم کی طرف دیکھ کر کہا "یہ اچھا خیال ہے۔ سیٹھ جی آپ کی بیٹی اب کے ضرور شہر کی ملکۂ حسن چُنی جائے گی۔"

مس روپ وتی کہاں پیچھے رہنے والی تھی۔ اس نے بھی ترکی بترکی جواب دیتے

ہوئے کہا" وہ تو ٹھیک ہے۔ مگر جب سے آپ نے ایک گدھے کو جج بنایا ہے۔ امکانات آپ کے لئے روشن معلوم ہوتے ہیں۔"

ایک لمحے کے لئے لیڈی سارے گاما گاؤ کا مُنہ کُھلے کا کُھلا رہ گیا۔ دوسرے لمحے میں اس نے سٹپٹا کے اپنے شوہر کی طرف دیکھا جو اسے سٹپٹاتے دیکھ کر بالکل گھبرا کر دو قدم پیچھے ہٹ گیا۔ آخر بڑی مشکل سے لیڈی سارے گاما گاؤ اپنے غصّے کو قابو میں کر کے مجھ سے مخاطب ہو کے کہنے لگیں۔ "تو ڈارلنگ، کل تم ضرور آجانا۔"

میں نے کورنش بجاتے ہوئے کہا "ضرور آؤں گا مادام۔"

آنا دمیّو کمہار کا
بارہ بنکی سے
گدھے کے ماں باپ کے ساتھ
اور مُلاقات کرنا گدھے سے

دھیرے دھیرے دعوت ختم ہوگئی۔ کوئی رات کے گیارہ بجے آخری ملاقاتی بھی ہاتھ ملا کے رُخصت ہوگئے۔ مس روپ وتی سر درد کا بہانہ کرکے اپنی خواب گاہ میں سونے کے لئے جا چکی تھی۔ اب ڈرائنگ روم میں صرف سیٹھ من سُکھ لال اور میں باقی رہ گئے تھے، آج کی پارٹی واقعی بہت کامیاب رہی تھی۔ جو عزت مجھے ملی۔ جو سماجی مرتبہ۔ جس طرح لوگوں نے مجھے چوما۔ گلے سے لگایا۔ پیار کیا۔ اس میں کتنی اخوت، کتنی انسانیت، کتنی شرافت چھپی ہوئی تھی۔ اور یہ سب سیٹھ من سُکھ لال کا کیا ہوا تھا۔ یہ شریف آدمی۔ میں نے سیٹھ من سُکھ لال کی طرف تشکر آمیز نگاہوں سے دیکھتے ہوئے دل میں کہا۔ یہ آدمی انسان ہوکر ایک گدھے کے لئے کیا کچھ کر رہا ہے! سچ ہے۔ ابھی دُنیا سے نیکی کا خاتمہ نہیں ہوا ہے۔ ابھی تک ہمارے ملک میں سیٹھ من سکھ لال

جانتے ہو؟"

میں نے فوراً کہا "میں سے بالکل نہیں جانتا۔"

"ارے تم مجھے نہیں جانتے" اس غریب کمہار نے آگے بڑھ کے میرے گھٹنے چھوتے ہوئے کہا "میرے دھبڑو۔ تم مجھے بھول گئے۔ میں تمھارا دھبتو ہوں۔ بارہ بنکی میں اینٹیں ڈھونے والا۔ یاد کرو وہ زمانہ جب تم سید کرامت علی شاہ کی کوٹھی پر اینٹیں ڈھونے کے لئے جایا کرتے تھے ———"

"یہ کیا بکواس ہے؟" میں نے غصے میں جل کر کہا۔ کیوں کہ کم بخت سچ کہہ رہا تھا "میں کسی سید کرامت علی شاہ کو نہیں جانتا میں نے اپنی زندگی میں کبھی اینٹیں ڈھوئی ہیں۔ نہ میرا نام کبھی دھبڑو رہا ہے۔ ذرا خیال تو فرمائیے۔ میں نے سیٹھ کی طرف مڑ کے کہا "کہاں میں، کہاں یہ دھبڑو نام کا فرضی گدھا۔"

"جی ہاں۔ بالکل بجا فرماتے ہیں آپ" سیٹھ من سکھ لال نے کندھے پہ ہاتھ رکھ کر کہا مجھے اسی وقت شبہ پڑا تھا۔ جب اس آدمی نے آکر اپنے آپ کو آپ کا پہلا مالک بتایا۔ مگر میں نے کہا میں آپ سے ملا دوں گا۔ آگے آپ جانیں۔ یہ جانے۔"

دھبتو کی آنکھوں میں آنسو آ گئے۔ بولا "دھبڑو اتنی جلدی مجھے بھول گئے۔ ارے مجھے نہیں پہچان سکتے تو اپنے ماں باپ کو تو پہچان لو۔"

اتنا کہہ کر دھبتو نے رسی کو جھٹکا دیا، اور بڈھے گدھے کو میرے سامنے لاکر کھڑا کیا۔

جب تک یہ دونوں گدھے درخت کی چھاؤں میں کھڑے تھے، میں نے انھیں نہیں پہچانا، لیکن جب یہ سامنے آئے تو بجلی کی روشنی میں میں نے انھیں فوراً پہچان لیا۔ ان کے مریل جسم زخم رسیدہ کھال، ہونٹ بھوک سے سوکھ کر لٹکے ہوئے۔ آنکھیں چندھیائی ہوئیں، اور میل سے چپچپائی ہوئیں، ان کی کھال جگہ جگہ سے گنجی اور بدنما ہو رہی تھی اور اس پر مکھیاں بھنبھنا رہی تھیں۔ ایک لمحہ کے لئے مارے بدبو کے میرے نتھنے بند ہو گئے۔ پیشتر اس کے کہ وہ دونوں بڈھے کچھ

ایسے بلند اخلاق انسان موجود ہیں۔

آج کی دعوت بہت اچھی تھی۔ خاص طور پر آج جو گھاس مجھے کھلائی گئی وہ بہت عمدہ تھی۔ سُنا ہے بمبئی سے خاص طور پر پاروی کے علاقے سے جہاں کی گھاس بہت مشہور ہے بذریعہ ہوائی جہاز منگائی گئی تھی۔

آہستہ آہستہ میرا ذہن اس ماحول کو قبول کر لینے لگا تھا۔ یہ خوب صورت فضا مجھے راس آنے لگی تھی۔ میں نے انتہائی مسرت کے عالم میں اپنے سم بجائے۔ دم ہلائی۔ اور پھر ایک زور کی ڈھینچوں لگائی۔ آج جی ہلکا ہو گیا تھا۔ سُبک، پھولوں کی طرح ہلکا۔

میں نے سیٹھ سے کہا "آج میرا جی چاہتا ہے۔ باہر جا کے تمھارے باغ میں گھاس پر لوٹوں۔"

سیٹھ نے کہا "چلو۔ باہر لان پر جتنا جی چاہے لوٹ لو۔ تمھارا اپنا گھر ہے۔"

یہ سیٹھ کتنا اچھا آدمی ہے۔ میں نے اپنے دل میں کہا اور پھر اس کے ساتھ ڈرائنگ روم سے گزر کر باہر برآمدے میں آ گیا۔ اور برآمدے سے گزر کر باہر لان میں جانے لگا کہ اتنے میں میری نظر ایک پریشان حال بیٹھے ہوئے کپڑے پہنے ہوئے آدمی پر پڑی جو دو گدھوں کو رسیوں سے باندھے چُپ چاپ کھڑا تھا۔

"یہ کون ہے؟" میں نے سیٹھ سے پُوچھا۔

سیٹھ نے جلدی سے کہا "ارے اُفوہ! کس قدر غلطی ہوئی۔ یہ بے چارے تو تم سے ملنے کے لئے کب کے آئے کھڑے ہیں۔ دعوت کے دوران میں اس قدر مصروفیت رہی کہ میں تو ان کی موجودگی بالکل بھول گیا ——— (سیٹھ نے غلیظ لباس پہنے ہوئے آدمی کی طرف اشارہ کر کے کہا یہ آدمی بارہ بنکی سے آیا ہے۔ اس نے اخبار میں تمھاری تصویر دیکھی۔ اور کہتا ہے، اس نے تمھیں پہچان لیا۔ اس کا خیال ہے۔" سیٹھ ایک طنزیہ مسکراہٹ اپنے چہرے پر لاتے ہوئے بولا۔ "کہ یہ تمھارا بارہ بنکی کا مالک ہے۔ تمھیں واپس لینے کے لئے آیا۔ کیا تم اسے

م ۱۰۱

"میری جان، تجھے میں نے بچپن سے پالا ہے، میں تو قرضہ لے کر ریل گاڑی کے ٹکٹ کٹا کے آیا ہوں، اور تمھارے بوڑھے ماں باپ کو بھی بڑی مشکل سے مال گاڑی میں لایا ہوں۔"

کچھ کہہ سکتے، میں نے چلا کے کہا " یہ کیا بے ہودگی ہے - میرے ماں باپ ایسے ہوں گے - ایسے ذلیل مکروہ ترین جانور میرا مطلب ہے - اصلی ہرٹوفورڈ شائر کے ولائتی گدھوں کی اولاد سے ہوں - جہاں کے گدھے آج بھی لارڈ ماؤنٹ بیٹن کے اصطبل میں جاتے ہیں - ایسے شریف نجیب الطرفین گدھے کو آپ ان سے ملوث کررہے ہیں "

" توبہ، توبہ " سیٹھ نے کانوں پر ہاتھ رکھتے ہوئے کہا " مجھے پہلے ہی سے شُبہ تھا کہ یہ ذلیل لوگ آپ کے ماں باپ کیا دُور کے رشتہ دار بھی نہیں ہو سکتے "

" بیٹا " میرا باپ اپنے نتھنے پھڑپھڑاتے ہوئے آہستے سے بولا -

سیٹھ من سُکھ لال نے جو گدھوں کی بولی نہیں سمجھتا تھا فوراً چلا کے ایک نوکر سے کہا " اس بدمعاش دھوبی کو اس کے گدھوں سمیت یہاں سے نکال دو

بڈھا دھبو میرے پاؤں پڑ گیا - بولا " کتنی اُمید لے کے تیرے پاس آیا تھا - دھبڑو - کتنے کتنے ارمان لے کر تیرے بڈھے ماں باپ تیرے پاس آئے تھے اور تو ہم سے ایسا سلوک کر رہا ہے - میری جان تجھے تو میں نے بچپن سے پالا ہے - میں تو قرضہ لے کر ریل گاڑی کا ٹکٹ کٹا کے آیا ہوں - انھیں بھی بڑی مشکل سے مال گاڑی میں لایا ہوں - اب تو واپس جانے کے لئے پیسہ بھی نہیں ہے دھبڑو "

میں نے سیٹھ سے کہا " ضرور اسے کوئی غلط فہمی ہو رہی ہے - دراصل گدھوں کی صُورتیں ایک دوسرے سے بہت ملتی جُلتی ہیں نا - اس لئے یہ غلط فہمی ہو رہی ہے بے چارے کا اس میں زیادہ قصور نہیں ہے - میرے خیال میں اسے ریل کا کرایہ اور کچھ روپے دے کر چلتا کرنا چاہئے "

سیٹھ من سُکھ لال نے بڈھے کو ایک سو روپے کا نوٹ دے کر کہا " یہ لے - اور خبردار جو اب اس کے بعد تو نے اِدھر قدم رکھا یا کسی سے کہا کہ تو (میری طرف اشارہ کرکے) آپ کا کبھی مالک تھا یا یہ لوگ اس کے ماں باپ تھے - ہمارے صاحب تو اصلی خاندانی"

گدھے ہیں وہ تو یہاں کے ہیں نہیں۔ وہ تو پچھلے سولہ سو سال سے ایک ہی نسل کے چلے آرہے ہیں۔ کسی پشت میں خون نہیں بگڑا۔ یقین نہ آئے تو شجرۂ نسب اٹھا کے دیکھ لو، ان جیسا سچا خاندان تو انسانوں میں بھی ڈھونڈے سے نہیں ملے گا۔"

"سچ ہے مائی باپ" بڈھے نے ہاتھ جوڑ کے کہا اور پھر ان دونوں بڈھے گدھوں کو رسّی سے کھینچتا ہوا کوٹھی کے باہر لے گیا۔

طے ہونا شادی کا
سیٹھ من سکھ لال
کی بیٹی روپ وتی کی
گدھے کے ساتھ

جب وہ تینوں بدنصیب روحیں کوٹھی سے باہر نکل گئیں۔ تو میری جان میں جان آئی میں نے کچھ غصّے سے اور کچھ واقعی بن کے سیٹھ کی طرف مڑ کے کہا " دیکھئے نا یعنی دیکھا آپ نے کس قدر؟ —— "مارے غصّے کے مجھ سے بات نہیں کی جا رہی تھی۔

سیٹھ من سکھ لال نے سرہلا کے اثبات میں کہا " میں سمجھتا ہوں، سب سمجھتا ہوں زمانہ دیکھے ہوئے ہوں شری مان جی۔ یہ کوئی نئی بات نہیں ہے۔ اس دنیا میں یہی ہوتا ہے جہاں کسی آدمی نے ذرا بھی ترقی کی، چاہے وہ گدھا ہی کیوں نہ ہو —— اور اس سے پہلے اس کا کوئی نہیں ہوتا —— لیکن جہاں اس نے ذرا بھی ترقی کی فوراً اس کے ماں باپ دوست ہمدرد، رشتے ناطے والے پیدا ہو جاتے ہیں اور طرح طرح سے شجرۂ نسب ملا کے

اس سے اپنا رشتہ جوڑنے میں کامیاب ہو جاتے ہیں۔ جانے یہ لوگ برساتی مینڈکوں کی طرح کدھر سے آجاتے ہیں۔"

"وہاں دیکھئے تو!" میں نے اسی طرح غصے میں کہا۔ اندر سے مجھے ذرا بھی غصہ نہ تھا، بلکہ افسوس تھا کہ میں نے اپنے ماں باپ کو اس حالت میں واپس کیوں جانے دیا مگر حالات ایسے تھے کہ مجھے اوپر سے غصہ آنا ہی چاہئے تھا۔

سیٹھ من سُکھ لال نے بڑی محبت سے میری پیٹھ پر ہاتھ پھیرا اور کہنے لگے "چلئے، اندر چلئے"

ہم دونوں آہستہ آہستہ ڈرائنگ روم کی طرف بڑھ رہے تھے۔ سیٹھ بدستور اسی محبت سے میری پیٹھ پر ہاتھ پھیر رہے تھے اور کہتے جاتے تھے "شری مان جی۔ ایک بات تو یہ ہے۔ آپ کو نو عمری میں کامیابی حاصل ہوئی ہے۔ آپ کو اگر اپنے ماں باپ نہیں تو کم سے کم ایک ایسی ہستی کی ضرورت ہے۔ جو آپ کا خیال رکھ سکے۔

"خیال؟" میں سوچنے لگا۔

"آپ سے محبت کر سکے۔"

"محبت؟" میری آنکھیں چمکنے لگیں۔

جو آپ کی روزمرہ کی ذمہ داریوں کو پورا کرنے کے لئے آپ کو مسرت اور تازگی بخش سکے۔"

"مسرت؟" یہ مبارک جھونکا کدھر سے آرہا تھا۔

"جو صحیح معنوں میں آپ کی جیون ساتھی بن سکے۔"

"جیون ساتھی؟" میں نے نہایت ہی نرم لہجے میں اپنے آپ سے سوال کیا "ایسی گدھی کہاں مل سکے گی؟"

من سُکھ لال ایک لمحے کے لئے صوفے پر چپ چاپ بیٹھ گئے۔ پھر حوصلہ

کر کے میرے قریب آئے، بولے "اب آپ اپنی جاتی بھول جائیے۔ بھول جائیے کہ کبھی آپ گدھے تھے۔ یا گدھوں کے قبیلے سے کبھی آپ کا واسطہ تھا۔ آج سے آپ ایک نئے طبقے میں قدم رکھ رہے ہیں۔ اک نئے سماج میں، نئی دنیا میں۔ یہاں کی قدریں کچھ اور ہیں۔ شری مان جی! اب آپ کل کی بات سوچئے۔ کل جو آنے والا ہے۔ جو گزر گیا۔ اسے بالکل بھول جائیے ——"

"بھول گیا؟" میں نے اپنی دونوں آنکھیں چند لمحوں کے لئے بند کر کے انھیں ایک دم کھولتے ہوئے کہا "بھول گیا۔ سیٹھ جی۔ اب بتائیے۔ آگے کیا ہو؟"

"آپ میری بیٹی سے شادی کر لیجیے۔"

"آپ کی بیٹی سے؟" میں زور سے چیخا اور اک دم صوفے سے اٹھ کھڑا ہوا —— "مس روپ وتی سے؟"

"ہاں۔ اس میں تعجب کی کیا بات ہے۔ میری بیٹی پڑھی لکھی اپ ٹو ڈیٹ۔ سوشل ——"

میں نے بات کاٹ کر کے کہا "میں آپ کی لڑکی کے بارے میں نہیں کچھ رہا تھا میں تو اپنے بارے میں سوچ رہا تھا۔ دیکھئے میں تو محض ایک گدھا ہوں، جانور ہوں۔ اور آپ لوگ انسان ہیں۔ کتنی مدت کے بعد ایک جانور اور ایک انسان میں —— شاید لاکھوں برس کے بعد —— شادی کا رشتہ قائم ہوگا۔ مجھے اس وقت بوکیشیو کی حسن اور حیوان کی یاد آرہی ہے ——"

"بوکیشیو کون؟ سٹاک ایکسچینج والا دلال؟"

"جی نہیں! وہ بے چارہ ایک مصور تھا۔"

"ارجی لعنت بھیجو ان مصوروں پر۔ ہم اس وقت ایک بہت ضروری مسئلے پر بحث کر رہے ہیں۔ یہاں بوکیشیو کو آپ کیوں گھسیٹ لائے" من سکھ لال نے میرے کانوں سے کھیلتے ہوئے "بس یہ بات آپ مان جائیے۔ اور ——"

"مگر ——" میں نے پھر جلدی سے قطع کلام کرتے ہوئے کہا "آپ نے اس تجویز کے حسن و قبح پر غور کر لیا ہے؟"

"اچھی طرح!"

"مگر دیکھئے نا۔ یہ ایک لڑکی کی زندگی اور موت کا سوال ہے۔ آپ روپ وتی سے پوچھے بغیر کیسے یہ رشتہ طے کر سکتے ہیں کیا اسے اس شادی پر کوئی اعتراض تو نہ ہوگا؟"

"نہیں ہوگا" من سکھ لال نے اعلان کیا "میں نے اس سے بات کر لی ہے۔"

"باپ رے!" میں حیرت سے چلایا "مجھے یقین نہیں آتا۔"

"آپ خود اس سے بات کرکے اس کی تصدیق کر سکتے ہیں۔"

"مگر ...."

مگر من سکھ لال نے میری بات نہ سُنی۔ اس نے جلدی سے گھنٹی بجائی۔ ایک خادم حاضر ہوا۔ من سکھ لال نے اس سے کہا "بٹیا کو ذرا نیچے بھیج دو۔"

"مگر وہ تو کب کی سونے کے لئے چلی گئی تھیں" یکایک مجھے یاد آیا۔

سیٹھ من سکھ لال مسکرائے۔ بولے "نہیں وہ جاگ رہی ہیں اور ہماری گفتگو کے نتیجے کا انتظار کر رہی ہیں۔"

میں حیرت سے سیٹھ من سکھ لال کے مُنہ کی طرف دیکھنے لگا۔

اتنے میں ہال کی سیڑھیوں سے مس روپ وتی خراماں خراماں نیچے اترنے لگی۔ اس نے گہرے نیلے رنگ کا ایک غرارہ پہن رکھا تھا! جس میں سونے کے ہیرے چمکتے تھے ہلکے آسمانی رنگ کا دوپٹہ اس کے کٹے ہوئے بالوں کے حسن کو دوبالا کر رہا تھا۔ غرارے کے نیچے سے دو خوبصورت پاؤں سیڑھیوں سے نیچے اترتے نظر آ رہے تھے۔ میرا دل بھی سیڑھیوں سے نیچے اترنے لگا۔ جب وہ میرے بالکل قریب آگئی۔ تو میرا دل دھک سے رہ گیا۔ اب نیچے جانے کے لئے کوئی سیڑھی نہ تھی۔ میں نے مدد کے لئے اِدھر اُدھر دیکھا مگر موقع پا کر سیٹھ بھی اس وقت کھسک گیا تھا۔ اب ڈرائنگ روم میں، میں اور وہ بالکل اکیلے تھے۔

میرا جی گھبرا کر گدھے کی طرح ہانکنے کو چاہا۔ مگر موقع دیکھ کر چپ ہوگیا۔

"فرمایئے!" روپ وتی نے اپنے دوپٹے سے کھیلتے ہوئے کہا۔
میرے گلے کا لعاب حلق سے نیچے نگلا۔ آخر کسی نہ کسی طرح ہمت کر کے پوچھ ہی لیا "کیا یہ سچ ہے؟"
"کیا؟" روپ وتی نے اپنی بڑی بڑی معصوم آنکھیں میری آنکھوں میں ڈالتے ہوئے کہا۔
"کہ آپ مجھ سے شادی پر آمادہ ہیں؟"
"ہاں!" آواز بہت کمزور اور پیاری سی تھی۔ میرا جی چاہا کہ مارے خوشی کے ایک دولتی جھاڑ دوں مگر پھر خاموش ہو رہا کہ کہیں بدتہذیب نہ سمجھ لیا جاؤں۔
"مگر دیکھئے ———" میں نے بحث کا آغاز کرتے ہوئے کہا "آپ نے کیا سب سوچ لیا ہے۔ کہیں آپ کو بعد میں پچھتانا نہ پڑے۔ آپ دیکھ رہی ہیں کہ میں ایک گدھا ہوں"
"شوہر کو ایسا ہی ہونا چاہئے" روپ وتی فیصلہ کن لہجہ میں بولی۔
"مگر لوگ کیا کہیں گے۔ سیٹھ من سکھ لال کا داماد ایک گدھا ہے۔ اتنے بڑے آدمی کا داماد....؟"
"میں نے اکثر آدمیوں کے داماد ایسے ہی دیکھے ہیں۔ وہ جتنے گدھے ہوں اتنے ہی کامیاب رہتے ہیں۔ اور بڑے بڑے عہدوں پر فائز کئے جاتے ہیں۔ اس لئے نہیں کہ وہ گدھے ہیں بلکہ اس لئے کہ وہ بڑے آدمیوں کے داماد ہیں۔ کسی بڑے آدمی کے داماد کے لئے عقل مند ہونا ضروری نہیں۔ اس کی ترقی کے لئے بس اسی قدر کافی ہے کہ وہ ایک بڑے آدمی کا داماد ہے۔"
میری آنکھیں حیرت سے کھلی کی کھلی رہ گئیں۔ نئے سماج کے اصول اب آہستہ آہستہ میری سمجھ میں آ رہے تھے۔ "مگر ———" میں نے ایک اور اعتراض کرتے ہوئے کہا "دُنیا آپ کو کیا کہے گی۔ کہ آپ نے جان بوجھ کر ایک گدھے سے شادی کی جب آپ کو اپنی برادری میں ایک سے ایک بڑھیا رشتہ مل سکتا ہے۔"

"یہ تو میری مرضی ہے۔ اور اس میں کسی دوسرے کو بولنے کا کوئی حق نہیں"، روپ وتی نے تیز لہجے میں کہا "پھر میں کون سی تم سے سب کے سامنے شادی کر رہی ہوں۔ شادی تو بالکل خفیہ ہوگی۔"

"خفیہ؟"

"ہاں۔ اور شادی کے بعد تم اصطبل میں رہو گے اور میں اپنی کوٹھی میں۔"

"میں اصطبل میں۔ تم کوٹھی میں؟"

"ہاں۔ لیکن اپنے اصطبل میں تمھیں زندگی کی تمام راحتیں میسر ہوں گی، عمدہ چارہ، عمدہ بستر، بہترین خدمت گزار اور سائیس اور ایک ٹیلی فون جس پر تم کبھی کبھی مجھ سے بات بھی کر لیا کرو گے۔"

"ٹیلی فون پر؟"

"ہاں، اور کبھی کبھی خاص موقعوں پر تم مجھے ڈرائنگ روم میں پاپا کے سامنے دیکھ بھی لیا کرو گے۔ مگر ان خاص موقعوں کے علاوہ تم کوٹھی میں کبھی نہیں آسکو گے۔"

اور گھومنے پھرنے کے لیے کیا ہوگا۔ شوہر اور بیوی، میں دیکھتا ہوں، اکثر اکٹھے چہل قدمی کو نکلتے ہیں۔"

"ہم بھی جائیں گے" روپ وتی آہستہ سے بولی "مگر اس طرح کہ تم میرے ساتھ ہو گے اور تمھاری پیٹھ پر زین کسی ہوگی۔ تاکہ لوگ تمھیں دیکھ کر یہ سمجھیں کہ تم میرے گدھے ہو میرے شوہر نہیں ہو۔"

"جی بہت بہتر"۔ میں نے ابھی سے زین کو اپنی پیٹھ پر محسوس کیا۔

وہ بولی "اور ایک بات اور ہے۔ تمھاری چیک بک میرے پاس ہوگی، اور وہ پچیس کروڑ روپے والا کھاتہ بھی میرے نام ——"

"کون سا پچیس کروڑ والا ——"

روپ وتی بولی "میں اس ٹھیکے کے بارے میں سب جانتی ہوں جس کی بات تم ہمارے

روپ وتی نے میرے کان پر ایک ہلکا سا بوسہ دیا ۔ چونکہ بوسہ میرے کان پر تھا اس لئے
میں یہ نہ دیکھ سکا کہ بوسہ دیتے وقت روپ وتی کے چہرے پر کون سے جذبات کھیل رہے تھے ۔

وزیر اعظم سے کر آئے ہو۔ اس لئے بنو نہیں۔"

"مگر دیکھئے آپ کو غلط فہمی۔ میرا مطلب وہ بات یوں ہے کہ میں دراصل ——"

"بس اب معاملے کو زیادہ چھپانے کی کوشش نہ کرو" روپ وتی نے بات کاٹ کے کہا میں کچھ نہیں سننا چاہتی۔ وہ چیک بُک اور وہ کھاتا میرے نام رہے گا۔"

"مگر.... !" میں نے بات سمجھانے کی کوشش کی۔

اس نے فوراً کہا "اب رات زیادہ ہو چکی ہے۔ ڈارلنگ۔ اب جا کے اصطبل میں سو جاؤ۔ گڈ نائٹ۔"

روپ وتی نے میرے کان پر ایک ہلکا سا بوسہ دیا۔ چونکہ بوسہ میرے کان پر تھا اس لئے میں یہ نہ دیکھ سکا کہ بوسہ دیتے وقت روپ وتی کے چہرے پر کون سے جذبات کھیل رہے تھے۔

میری آنکھوں میں آنسو آ گئے۔ میری آواز بھرا گئی۔ میری چاروں ٹانگیں فرطِ مسرت سے تھر تھر کانپنے لگیں۔ میں نے جذبات سے گلوگیر آواز میں کہا "روپو۔ میری روپو !"

وہ بولی "دھنو ! میرے پیارے دھنو !"

میں فرطِ جذبات سے بے قابو ہو کر ہانک لگانے والا ہی تھا کہ اتنے میں میں نے اپنے گلے میں چاندی کی رسی کا پھندا محسوس کیا۔ میں نے دیکھا۔ ایک بڈھا سائیں ہے۔ اور بڑے مؤدب طریقے سے میرے گلے کی رسی کو آہستہ آہستہ جھٹکا دے کے گویا مجھے اصطبل کی طرف لے جانے کی کوشش کر رہا ہے۔ مجھے اپنی طرف مڑتے ہوئے دیکھ کر بولا "حضور اب چلئے۔"

ہال کی سیڑھیوں کے بیچ میں روپ وتی رکی، ٹھٹھری، مڑ کر میری طرف مسکرا دی۔ بولی "جاؤ۔ اب سو جاؤ۔ کل تمہیں مقابلۂ حسن کا فیصلہ کرنے کے لئے ولنگڈن چلنا ہوگا۔"

وہ اپنی انگلیوں کو اپنے ہونٹوں تک لے گئی اور دور سیڑھیوں سے ایک ہوائی بوسہ اس نے میری طرف پھینکا۔ اور پھر آہستہ سے کہا "دھنو !"

اس کے بعد وہ جلدی جلدی سیڑھیاں چڑھ کے اوپر کے برآمدے میں غائب ہو گئی۔

سائیں مجھے بادل ناخواستہ کھینچ کر اصطبل میں لے گیا۔

روپ وتی سیڑھیوں سے تیز تیز اُوپر چلتی ہوئی برآمدے میں پہنچی۔ وہاں سے دوڑتے دوڑتے وہ سیدھی اپنی خواب گاہ میں گھس گئی جہاں اس کا باپ اس کا انتظار کر رہا تھا۔ اندر جاتے ہی وہ اپنے باپ کی طرف مُڑ کر کہنے لگی "آپ کا کام میں نے کر دیا ہے۔ اس سے میں نے شادی کے لئے ہاں کر دی ہے۔"

اس کے بعد وہ بستر پر گر کر پھوٹ پھوٹ کر رونے لگی۔

سیٹھ من سُکھ لال نے اپنی بیٹی کے بالوں پر ہاتھ پھیرا اور بڑے پیار سے بولا "گھبرانے کی کوئی بات نہیں ہے۔ اپنے مطلب کے لئے گدھے کو بھی دومنٹ کے لئے اپنا شوہر بنانا پڑتا ہے۔ وہ ٹھیک ہاتھ میں آتے ہی میں سب ٹھیک کر لوں گا۔ ذرا سوچو تو روپ وتی، پچیس کروڑ۔ پچیس کروڑ کے ٹھیکے ہیں کم سے کم دس کروڑ تو اپنا ہوگا۔ میرا، بلکہ تمھارا۔ ان دس کروڑ روپوں سے تم دُنیا کا اہم ترین اور خوب صورت ترین شوہر اپنے لئے خرید سکتی ہو۔ اس وقت ہم اس گدھے کی مٹھی میں ہیں۔ لیکن وہ پاس بُک اور چیک بُک تمھارے نام ہو جانے پر پھر وہ ہماری مٹھی میں ہوگا۔"

روپ وتی اپنے آنسوؤں کے بیچ میں یکایک مُسکرا اُٹھی۔ اس کی فتح مند مسکراہٹ اپنے باپ کی فہم و فراست کی داد دے رہی تھی۔

باپ نے اس کے کندھے کو تھپتھپاتے ہوئے کہا۔ "گھبراؤ نہیں، اب جا کے آرام سے سو جاؤ۔ میں سب ٹھیک کر لوں گا۔"

اپنی بیٹی کی طرف دیکھ کر مُسکراتے ہوئے سیٹھ من سُکھ لال خواب گاہ سے باہر نکل گیا۔

۱۱۳

جانا گدھے کا ولنگڈن کلب میں
اور صدارت کرنا مقابلہ حُسن کی
اور گھر جانا
جُھرمٹ میں عشوہ طراز حسینوں کے

ولنگڈن کلب میں اس روز بڑی چہل پہل تھی۔ کلب کے بڑے ہال کو کاغذی پھولوں، رنگا رنگ غباروں اور ریشمی پردوں سے دُلہن کی طرح سجایا گیا تھا۔ ہال کے چاروں طرف چھوٹے چھوٹے اسٹالوں میں آرائشِ حُسن کا سامان بیچنے والوں نے اپنی چیزیں سجا رکھی تھیں، مقابلہ حُسن کے سلسلے میں جتنا خرچ اُٹھ رہا تھا اسے ان اسٹالوں کی کمپنیوں کے مالک لوگ اپنی جیب سے پورا کر رہے تھے۔ ان اسٹالوں میں جوہریوں کی دکانیں تھیں۔ لپ اسٹک اور پاؤڈر کی دکانیں تھیں تیل اور کریم کی دو دکانیں تھیں۔ عطر اور پھلیل کی دکانیں تھیں، کپڑے کی دو دکانیں تھیں۔ عورتوں کے حجاموں کی دکانیں تھیں ٹوپیوں، چھتریوں۔ دستانوں، چوٹیوں کی دکانیں تھیں۔ لیکن کتاب کی ایک دکان نہ تھی۔ کہیں کتاب پڑھنے سے بھی حُسن بڑھتا ہے!

لیڈی گاما نے میرا ان حسیناؤں سے تعارف کرانا شروع کیا۔

لیڈی سارے گاماگاؤ نے پہلے تو میرا تعارف بڑے شاندار الفاظ میں کلب کے سربرآوردہ ممبروں سے کرایا بعد میں مجھے وہ اس بڑے ہال میں لے گئیں۔ جس کا ذکر ابھی میں نے اُوپر کیا ہے یہاں مقابلۂ حُسن میں حصہ لینے والی حسینائیں قطار بنائے کھڑی تھیں۔ یہاں پر میرا ان سے تعارف ہوا۔

"یہ ہیں سولن کی ملکہ نمبر وَن۔"

"آپ کا مطلب ہے سولن وِسکی نمبر ون۔"

"نہیں صاحب" لیڈی سارے گاماگاؤ نے مجھے سمجھاتے ہوئے کہا۔ "یہ سولن میں جو مقابلۂ حُسن ہوا تھا وہاں کی ملکہ حُسن چُنی گئی تھیں۔ مقابلے میں اوّل نمبر پر آئی تھیں۔"

"یہ شملے کی ملکہ"

"یہ نینی تال کی ملکہ"

"یہ ڈلہوزی کی ملکہ"

"یہ کوڈائی کنال کی ملکہ"

"یہ اوٹی کی ملکہ"

"یہ دارجلنگ کی ملکہ"

باری باری سب سے تعارف ہوتا گیا۔ میں سوچنے لگا۔ یہاں کوئی کسی کارخانے کی ملکہ نہیں ہے۔ کھیتوں کی ملکہ نہیں ہے۔ بیڑی بنانے والوں کی چال میں رہنے والی ملکہ نہیں ہے۔ انجن خاکروبان کی ملکۂ حسن نہیں ہے۔ میں نے تو غریبوں کے چیتھڑوں میں لپٹا ہوا ایسا ایسا حسن دیکھا ہے کہ سیٹھ کریم جی بھائی ابٹن والا اسے دیکھے تو اپنے سارے لپ اسٹک اور پاؤڈر ہال سے اٹھا کے باہر لے جائے۔ کہاں ہیں وہ سچے موتیوں کی طرح صدف میں چھپی ہوئی ملکائیں۔ خوب صورتی کے حسین و جمیل نمونے۔

لیڈی سارے گاماگاؤ تعارف کراتی جا رہی تھیں۔

"یہ ہیں لکھنؤ کی ملکہ"
"جالندھر کی ملکہ"
"دلّی کی ملکہ"

یہ کملا تھی، مجھے دیکھ کر مُسکرائی۔ میں کان جوڑ کر آگے بڑھ گیا۔

"نئی دلّی کی ملکہ"

یہ روپ وتی تھی۔ میری ہونے والی بیوی۔ نہ وہ میری طرف دیکھ کر مُسکرائی نہ میں اس کی طرف۔ میں پھر کان جوڑ کر آگے بڑھ گیا۔

جب ہر ایک ملکۂ حُسن سے تعارف ہو چکا۔ تو مجھے ان سب کے بیچ میں کھڑا کر دیا گیا۔ اور تصویر کھینچنے والوں نے اپنے فلش بلب جلا جلا کر میری بہت سی تصویریں لیں۔

اس کے بعد مقابلے میں شریک ہونے والی حسیناؤں سے کہا گیا کہ وہ اپنا روزمرّہ کا لباس اُتار کر ولنگڈن کلب کے تیرنے والے تالاب پر تیراکی کا لباس پہن کر حاضر ہوں۔ عورتیں یہ سُن کر اپنے اپنے گرین روم میں چلی گئیں۔ اور لیڈی سارے گاما گاؤ مجھے سوئمنگ پول پر لے گئیں۔

کہنے لگیں "ان میں سے ہر لڑکی اپنے اپنے شہر یا علاقے کی ملکۂ حُسن ہے۔ آج ہمیں میرا مطلب ہے آپ کو ہندوستان کی ملکۂ حُسن کا انتخاب کرنا ہوگا۔ ان لڑکیوں میں سے جو خوش نصیب ہندوستان کی ملکۂ حُسن چُنی جائے گی اسے لاس اینجلز کے بین الاقوامی مقابلۂ حُسن میں شرکت کے لئے بھیجا جائے گا۔"

"بہت خوب لیڈی سارے ——" میں نے سر ہلا کے کہا۔ "مادام آپ کا نام اس قدر لمبا ہے کہ اگر میں سارے گاما گاؤ کو مختصر کر کے آپ کو صرف لیڈی گاما کہا کروں تو آپ کو کوئی اعتراض تو نہ ہوگا۔"

"نہیں میرے پیارے گدھے" لیڈی گاما نے بڑے پیار سے میرا کان کھینچا۔

اور عین اسی وقت مس روپ وتی اپنے گرین روم سے تیراکی کا لباس پہن کر نکل رہی تھی۔ اس نے گھور کر ہم دونوں کی طرف دیکھا۔ پھر مٹکتے ہوئے سوئمنگ پول کے کنارے جا کھڑی ہوئی جہاں بہت سے فوٹو گرافر اس کی تصویر اتارنے لگے۔

روپ وتی کے بعد تھوڑے تھوڑے وقفوں کے بعد دوسری لڑکیاں بھی اپنا لباس پہن کے آ گئیں اور تیرنے کے تالاب کے سامنے کھڑے ہو کر تصویر اتروانے لگیں۔ میں نے دیکھا بہت سی مغربی فلم کمپنیوں کے کیمرہ مین بھی آئے ہوئے تھے اور لڑکیاں خاص طور پر، اپنی بہترین مسکراہٹ ان پر صرف کرتی تھیں۔ تھوڑی دیر کے بعد جب سب لڑکیاں اکٹھی ہو گئیں تو ایک گھنٹی بجی۔ گھنٹی کے بجتے ہی سب لڑکیاں ایک قطار میں کھڑی ہو گئیں اور تیرنے کے تالاب کے کنارے وزن کرنے والی جو مشین رکھی تھی اس پر اپنا وزن دیکھنے لگیں۔ اس مشین کے پاس ایک آدمی نہایت ہی دبلا پتلا اور لانبا کھڑا تھا۔ اس کے سر کے بال آدھے سے زیادہ سفید ہو چکے تھے۔

لیڈی گاما نے میرا ان سے تعارف کرایا "یہ ہیں مسٹر ڈنکی۔ یہ ہیں مسٹر کے کے بھجنانی۔"

"ہاؤ ڈو یو ڈو" مسٹر بھجنانی نے کہا۔

"ڈھینچوں ڈھینچوں" میں نے جواب دیا۔

مسٹر بھجنانی باری باری لڑکی کو وزن ناپنے والی مشین کے پلیٹ فارم پر چڑھنے کی دعوت دیتے۔ اور جب مشین کی ہبری سے وزن کا کارڈ برآمد ہوتا تو اس کا وزن اپنی فہرست پر اس لڑکی کے نام کے آگے نوٹ کر لیتے ایک نگاہ سر سے پاؤں تک لڑکی کے جسم پر ڈالتے، اور پھر اپنی باریک منحنی آواز میں کہتے " NEXT PLEASE "

لیڈی گاما نے کہا "مسٹر بھجنانی بڑے دلچسپ آدمی ہیں۔ دیکھئے ان کی اتنی عمر ہو گئی ابھی تک انھوں نے شادی نہیں کی۔"

”پھر یہ عورتوں کے وزن کے بارے میں کیا جانتے ہوں گے؟“

”نہیں یہ بات نہیں ہے“ لیڈی گاما نے ہنس کر کہا ”وزن بتانے کے لیے یہ مشین جو ہے۔ دیکھیے، یہ مشین مسٹر بھجنانی نے خود ایجاد کی ہے۔ یہ مشین دوسری وزن کرنے والی مشینوں سے ذرا مختلف ہے۔ دیکھیے یہ کارڈ دیکھیے۔ یہ مشین اکٹھا وزن بھی بتاتی ہے۔ مثال کے طور پر یہ دیکھیے۔ یہ مشین بتاتی ہے کہ ایک مقابلۂ حُسن میں شریک ہونے والی لڑکی کا وزن پاؤں سے دھڑ تک کتنا ہوتا ہے۔ دھڑ سے گردن تک کتنا ہوتا ہے۔ گردن سے کھوپڑی تک کتنا ہوتا ہے۔“

کھوپڑی کے اندر دماغ کتنا ہوتا ہے۔ اس کا وزن بھی یہ مشین بتاتی ہے؟“

”نہیں۔“ لیڈی گاما بولیں ”مگر ہمیں اس کے جاننے کی ضرورت بھی کیا ہے۔“

”ظاہر ہے۔“ اس نے اثبات میں سر ہلاتے ہوئے کہا دماغ کا حُسن سے کیا تعلق۔“

لیڈی گاما بولیں ”گو مسٹر بھجنانی نے شادی نہیں کی۔“ لیکن انھوں نے عورتوں کا وزن ماپنے کی یہ خاص مشین ایجاد کر لی ہے۔ اس کے علاوہ مسٹر بھجنانی کا خاص کمال یہ ہے کہ انھوں نے اپنی ساری زندگی یہ ثابت کرنے میں صرف کر دی ہے کہ دو اور دو پانچ ہوتے ہیں۔“

”چار نہیں ہوتے؟“ میں نے مسٹر بھجنانی سے پُوچھا۔

”نہیں!“ وہ فیصلہ کن لہجے میں بولے ”دو اور دو پانچ ہوتے ہیں۔ آپ کسی روز غریب خانے پر تشریف لائیے۔“ مسٹر بھجنانی میری طرف مُسکرا کے بولے ”میں آپ کو یقین دلا دوں گا اور ثابت کر دوں گا کہ ——————“

اتنے میں کملا کی باری آگئی اور مسٹر بھجنانی اپنی تین پانچ بالکل بھُول گئے۔ اس طرح مبہوت ہو کے دیکھنے لگے کہ کملا کو مُسکرا کے کہنا پڑا۔ ”وزن پلیز؟“

میں آگے بڑھ گیا۔

یہاں پر ایک کُرسی پڑی تھی اور کرسی کے آگے ایک اس طرح کی ڈھلوان دار تپائی

پڑی تھی، جیسے جوتوں کی دکان پر جوتے پہننے والوں کے سامنے پڑی ہوتی ہے۔ اپنا وزن کا کارڈ لے کر ہر لڑکی یہاں آتی تھی اور سینڈل کھول کر اس تپائی پر اپنا پاؤں رکھ دیتی تھی۔

"یہاں کیا اسے نئے جوتے ملیں گے؟" میں نے لیڈی گاما سے پوچھا۔

"نہیں تو۔" وہ ہنس کر بولی۔ اور پھر تپائی کے قریب جو گنجے سر والا۔ مڑی ہوئی ناک والا گورا چٹا بڈھا آدمی چشمہ لگائے بیٹھا تھا اس سے میرا تعارف کراتے ہوئے بولی۔

"یہ مسٹر وارڈ والا ہیں۔"

"آپ یہاں پر کیا کرتے ہیں؟" میں نے بے چین ہو کے پوچھا "کیا باٹا کی ایجنسی لے رکھی ہے۔"

"نہیں پیارے گدھے۔ سچ مچ تم بالکل گدھے ہو۔" لیڈی گاما بڑے پیارے میرے کندھے پر ہاتھ رکھ کے بولیں "مسٹر وارڈ والا یہاں پر ہر لڑکی کے پاؤں کا خم دیکھتے ہیں اور ٹخنوں کی گولائی ماپتے ہیں۔"

"اوہ!" میں نے حیران ہو کے کہا۔

"یہ اپنے کام میں بڑے ماہر ہیں۔"

"ویسے کام آپ کیا کرتے ہیں، مسٹر وارڈ والا؟"

"جی میرا گھنگھرو بنانے کا کارخانہ ہے۔" وارڈ والا اپنا چشمہ ناک پر درست کرتے ہوئے بولے۔ "اس لئے پاؤں کے خم اور ٹخنوں کی گولائی کے بارے میں جو میں نہیں جانتا ہوں وہ کوئی دوسرا بھی نہیں جان سکتا۔"

"بے شک۔ بے شک۔" میں نے سر ہلاتے ہوئے کہا اور آگے بڑھ گیا۔

لیڈی گاما نے کہا "دیکھا۔ یہ سارے ماہر فن تمہاری مدد کے لئے اکٹھے کر دیئے ہیں۔"

"نوازش ہے!" میں نے آداب بجا لاتے ہوئے کہا۔

آگے جاکے کیا دیکھا کہ وہی لڑکی جو مسٹر وارڈ والا سے اپنے پاؤں کے خم اور ٹخنے کی گولائی کا

تخمینہ لے رہی تھی، یہاں پر تانڈو ناچ کا ایک پوز سادھے کر اپنی رانوں اور پنڈلیوں کا ماپ دے رہی ہے۔ یہاں پر ایک آدمی کاندھے پر فیتہ ڈالے اپنی چگی داڑھی کھجاتا ہوا پہلے رانوں کا، پھر گھٹنوں کا پھر پنڈلیوں کا فیتے سے ناپ لے رہا تھا۔

"غالباً یہ کوئی درزی ہے۔" میرے مونہہ سے نکل گیا۔

"شش!" لیڈی گاما نے مجھے جلدی سے چُپ کراتے ہوئے کہا "تم نہیں جانتے انھیں ارے یہ تو ہمارے فن بت تراشی اور سنگ تراشی کے سب سے بڑے ماہر ہیں مسٹر کھٹ کھٹ کھنڈلیا ایلورا میں جتنی عورتوں کے بُت ہیں ان سب کی رانوں اور پنڈلیوں کے ماپ انھیں زبانی یاد ہیں۔ لیکن اپنی بیوی کا نام تک یاد نہیں۔"

"بہت خوب! مسٹر کھٹ کھٹ کھنڈلیا۔ آپ ایسے ماہرِ فن سے مل کے بڑی مسرت ہوئی۔"

"ہا!" مسٹر کھٹ کھٹ کھنڈلیا نے گویا یکایک مجھے پہچاننے کی کوشش کرتے ہوئے کہا "آپ سے پہلے مُلاقات ہو چکی ہے۔"

"غالباً بارہ بنکی میں آپ سے نیاز حاصل ہوا ہوگا۔" میں نے یوں ہی ان کا دل رکھنے کے لئے کہہ دیا کیوں کہ ایسے چند سے کون گدھا ملاقات کرنا پسند کرے گا۔

"نہیں۔" مسٹر کھٹ کھٹ کھنڈلیا نے اپنی اُنگلی میری طرف نچاتے ہوئے کہا "ہا! اب یاد آیا۔ سانچی میں آپ ہی سے مُلاقات ہوئی تھی، بارہ بنکی میں نہیں۔"

سانچی میں؟ لیکن میں سانچی تو کبھی نہیں گیا۔" میں نے ذرا سا احتجاج کرتے ہوئے کہا

آپ جھوٹ بولتے ہیں۔ میں نے آپ کو خود دیکھا ہے۔ سانچی میں پتھر کی بلیٹ نمبر گیارہ پر، ایک بھکشو بھگوان بُدھ کے درشن کرنے جا رہا ہے۔ اس کے پیچھے پیچھے ایک گدھا چل رہا ہے۔ آپ وہی گدھے ہیں۔ اگر میں غلطی نہیں کرتا،" مسٹر کھٹ کھٹ کھنڈلیا نے دوبارہ کہا "تو آپ بالکل وہی گدھے ہیں۔ بالکل وہی رانیں، وہی پنڈلیاں!"

میں محوِ حیرت تھا۔ اتنے میں لیڈی گاما نے کہا "دیکھا ان کا کمال۔ یہ آدمیوں کو دیکھ کر
رکے بتوں کا اندازہ نہیں کرتے۔ پتھر کے بتوں کو دیکھ کر آدمیوں اور چیزوں کو پہچاننے کی کوشش
تے ہیں۔"

"کیا خوب چیزیں یہ بھی!"

جب میں یہاں سے چلنے لگا تو مسٹر کھٹ کھنڈلیا نے مجھ سے پوچھا "بھئی وہ
شو کہاں ہے؟"

میں نے جل کر کہا "وہیں سانچی میں ہوگا!"

مسٹر کھٹ کھنڈلیا کے چہرے پر شک و شبہات کے آثار نمودار ہوئے۔ شاید
یہ سوچ رہے تھے، ایسا کیسے ہوا۔ وہ سانچی والا گدھا یہاں آگیا۔ لیکن بھکشو وہیں پتھر کی پلیٹ پر
رہا۔ ایسا کیسے ہوگیا؟ لیکن اتنے میں ایک لڑکی اپنی پنڈلیوں کا ماپ دینے کے لئے ان کے
منے آگئی۔ اور مسٹر کھٹ کھنڈلیا اپنا فیتہ لے کر اپنے کام میں لگ گئے۔

آگے چل کر پروفیسر بانکے بہاری، آہ بنارسی اور جناب حامد حسن واہ لکھنوی کھڑے نظر
ئے۔ پروفیسر آہ بنارسی ہندی اور سنسکرت کے عالم و فاضل تھے۔ اور جناب واہ لکھنوی اردو زبان
مسلّم شاعر تھے۔ آہ بنارسی کو ہندی اور سنسکرت میں "گدھے" کے موضوع پر تمام بڑے بڑے
نے کلاسیکی شاعروں کی تلمیحات اور تشبیہات ازبر تھیں۔ واہ لکھنوی کو کمر کے موضوع پر اردو اور
رسی شاعری کے ہزاروں شعر یاد تھے۔ آہ بنارسی ماہر کولہا تھے واہ لکھنوی ماہر کمر۔ دونوں شعر پڑھ کر
بیٹھے تھے۔

میں نے واہ لکھنوی سے پوچھا "واہ صاحب"

وہ بولے "ہاں صاحب"

میں نے کہا "وہ صاحب۔ لکھنو کی جو ملکۂ حسن ہے۔ سُنتے ہیں اس کی تو کمر ہی نہیں ہے۔
رآپ کیا کریں گے؟"

واہ لکھنوی نے کہا "ایسے موقعوں کے لیۓ میں ہمیشہ ایک خورد بین رکھتا ہوں "
واہ لکھنوی نے جیب سے ایک چھوٹی سی خورد بین نکال کے دکھاتے ہوۓ کہا۔ میں ان کی طباعی کی داد دیتے ہوۓ آگے چلا گیا۔

بس اسی طرح یکے بعد دیگرے تالاب کے کنارے کنارے درجنوں ماہرین فن اپنے اپنے کمالات کا مظاہرہ کر رہے تھے۔ سینے سے سر کے بالوں تک ہر قسم کے ماہر فن موجود تھے۔ ہر لڑکی کے پاس ایک فارم تھا۔ اس فارم کے ساتھ ایک فوٹو لگا تھا۔ یہ ماہر فن پیمائش کرتے ہوۓ صحیح اعداد و شمار فارم میں بھر دیتا۔ اور اپنی راۓ لکھ دیتا۔ اس طرح سینے باہیں۔ ہونٹ آنکھیں، بال، کان ہر چیز کی پیمائش ہو رہی تھی۔ اور بڑی سنجیدگی سے اس کے متعلق راۓ دی جا رہی تھی۔ یکایک مجھے ایسا محسوس ہوا کہ جیسے میں کسی کلب میں نہیں لایا گیا ہوں۔ کسی بے حس کارخانے میں مشینوں کی کھٹ کھٹ سے گونجتے ہوۓ ہال میں کھڑا ہوں۔ کسی تیرنے کے تالاب کے کنارے نہیں کھڑا ہوں۔ عورتوں کے کارخانے میں آیا ہوں یہاں عورتیں بنتی ہیں جس طرح سائیکل بنتے ہیں یا موٹریں بنتی ہیں۔ یہ اسمبلی لائن ہے۔ جہاں پر مختلف ماہر فن، ٹخنوں، رانوں، پنڈلیوں، گھٹنوں، کولھوں، بانہوں، ہونٹوں، رخساروں کو ماپ کر تول کر اور مختلف اعضاء کو جوڑ جوڑ کر عورت بنا رہے ہیں۔ ملکۂ حسن بیوک سپر ڈی لو.... سن چیپن کی سندری۔ شورلٹ ۵۶!۔

دو تین گھنٹے یہی پیمائش جاری رہی۔ یہی حساب کتاب ہوتا رہا۔ آخر میں جب تمام فہرستیں مکمل ہو چکیں۔ سارے فارم پُر کیۓ جا چکے تو یہ ساری فہرستیں اور ان کے ساتھ نتھی شدہ فوٹو مجھے دے دیۓ گئے۔ اور ان کے مطالعے کے لیۓ مجھے پون گھنٹہ دیا گیا۔ جس کے بعد مجھے اپنا فیصلہ صادر کرنا تھا۔ اور ہندوستان کی ملکۂ حسن کا اعلان کرنا تھا۔

میں نے تمام فہرستیں بڑے غور سے دیکھیں۔ فوٹو بھی بڑے غور سے دیکھے اعداد و شمار کو جانچا، پرکھا اپنے دل میں مختلف سینوں، ہونٹوں، بالوں، بانہوں کا اندازہ کیا۔ اس کے

بعد میں اپنا فیصلہ دینے کے لئے تیار ہو گیا۔ مجھے فیصلہ کرنے میں مشکل سے آدھا گھنٹہ لگا ہوگا۔
لیڈی گاما حیران رہ گئیں۔

"اتنی جلدی آپ نے سب فہرستیں پڑھ ڈالیں؟"

"اور فیصلہ کر لیا؟"

"ہاں۔"

"تو چلئے۔ کلب کے ہال میں وہاں شہر کے سب بڑے بڑے لوگ اور شہر کی خوب صورت ترین عورتیں آپ کا فیصلہ سننے کے لئے بیتاب ہیں۔"

۱۲۴

داخل ہونا گدھے کا کلب کے بڑے ہال میں
اور تقریر کرنا کھڑے ہو کر عمائدین شہر کے سامنے
اور بیان
مقابلۂ حُسن کے نتیجے کا

اب جب ہم دوبارہ کلب کے ہال میں داخل ہوئے، تو کئی گھنٹے گزر چکے تھے۔ شہر میں پہلے ہی سے اعلان کر دیا گیا تھا کہ اس وقت مقابلۂ حُسن کا نتیجہ سُنایا جائے گا۔ لہٰذا بڑے بڑے وزرا، اور روٗسا۔ ڈپلومیٹک کالونی کے سفیر، غیر مُلکی کیمرہ مین اور ہندوستانی اخباروں کے فوٹو گرافر سب ہال میں جمع تھے۔ اب کے ہال کا حُلیہ ہی بدل گیا تھا۔ اب تو وہ پہلے سے بھی چمکیلا اور سجیلا ہو گیا تھا۔ اُونچے طبقے کی جتنی خوب صورت خواتین ہوں گی، میرے خیال میں وہ سب یہاں موجود تھیں۔ ان میں سے کئی ایک تو وہ تھیں جو گزشتہ سال یا اس سے پہلے سال کی ملکۂ حُسن رہ چکی تھیں اور جو اب موٹروں کے ماڈلوں کی طرح بدل جا چکی تھیں۔

ہال میں ایک طرف ایک اُونچی پارٹیشن کھڑی تھی۔ بیچ میں ایک میز اور میز کے سامنے

دو کرسیاں اور دو مائیکروفون لگے ہوئے تھے۔ سب سے پہلے لیڈی گاما نے اسٹیج پر آ کے حاضرین کا شکریہ ادا کیا۔ مقابلۂ حُسن کی اہمیت جتائی۔ مددگار ججوں کا شکریہ ادا کیا، جنھوں نے فہرستوں کے مرتب کرنے میں میری مدد کی تھی۔ اس کے بعد لیڈی گاما نے میرا تعارف کرایا۔ اور بتایا کہ کیوں مجھے، ایک ناچیز گدھے کو اس اہم کام کے لئے چُنا گیا۔ وہی رومن حسیناؤں اور گدھے کے دودھ میں غسل کرنے کی کہانی دُہرائی گئی۔ جس سے حاضرین بہت محظوظ ہوئے۔ اس کے بعد تالیوں کے شور میں مجھے جج کی کُرسی پیش کی گئی۔ اس کے بعد فوراً ہی بینڈ بجا اور مقابلۂ حُسن میں شریک ہونے والی حسینائیں غسل کے خوب صُورت اور نئے ڈیزائن کے لباس پہنے ہوئے ہال میں داخل ہوئیں قطار اندر قطار لوگ ان کی خوب صورتی دیکھ کر مبہُوت سے رہ گئے۔ جتنی عورتیں تھیں وہ ہر ایک لڑکی سے باری باری اپنا خاموش موازنہ کرتی جاتی تھیں اور ہر بار خاموشی سے اپنے آپ کو زیادہ نمبر دیتی جاتی تھیں۔ جتنے مرد تھے، وہ یہ سوچ رہے تھے کہ اگر ہر لڑکی ان کے پاس ایک منٹ کھڑی ہو کر پھر آگے بڑھے تو کیا ہی اچھا ہو۔ مگر عورتوں کی یہ پریڈ بہت جلد ختم ہو گئی اور وہ سب کی سب ہماری یعنی میری اور لیڈی گاما کی کرسیوں کے پیچھے، ایک نیم دائرے کی صورت میں بچھی ہوئی کرسیوں پر جلوہ افروز ہو گئیں۔

اب کے لیڈی گاما نے اُٹھ کر ایک ایک لڑکی کو باری باری سے مائیک کے سامنے بلایا۔ اس کا تعارف حاضرین سے کرایا اس سے شکریے کے دو لفظ بلوائے اور پھر اسے واپس کرسی پر بھیج دیا۔ اس سے کم از کم یہ تو ہوا کہ تماشائیوں کو ان حسیناؤں کو اچھی طرح دیکھنے کا موقع مل گیا۔

نہ صرف تماشائیوں کو بلکہ مجھے بھی۔ جیسے ابھی ابھی اس مقابلۂ حُسن کا نتیجہ سُنانا تھا میں دیکھ رہا تھا کہ مقابلۂ حُسن میں شریک ہونے والی لڑکی مُسکرا کر سب کا شکریہ ادا کرتی۔ لیکن جب وہ شکریہ ادا کرنے کے لئے میری طرف جُھکتی تو اپنے ہونٹوں کی سب سے دلکش

مسکراہٹ ایک نغمے کی طرح میری طرف پھینکتی کتنی ملتجیانہ مُسکراہٹ تھی وہ، وہ آنکھیں، وہ نگاہیں وہ ہونٹ غائبانہ یہ کہتے ہوئے معلوم ہو رہے تھے۔ "اگر کہیں پر تم ہمیں ملکۂ حُسن کے خطاب سے نواز دو تو ہم تم سے شادی تک کرنے کو تیار ہو جائیں گے حالاں کہ تم صرف ایک گدھے ہو۔"

روپ وتی کی مُسکراہٹ سب سے عجیب تھی۔ اس کی مسکراہٹ میں ایک عجیب طرح کا اطمینان تھا۔ سکون۔ ایک عجیب قسم کا مالکانہ امر بیانہ انداز تبسم۔

کملا نے صرف اپنی مسکراہٹ سے بلکہ اپنے جسم کے ہر خد و خال سے بھرپور وار مجھ پر کیا۔ اس قدر چمکتی ہوئی بلکہ چندھیائی ہوئی مُسکراہٹ تھی وہ۔ کہ میں اس کی تاب نہ لا سکا۔ میں نے نگاہیں نیچی کر لیں۔ سچ مچ یہ کملا بڑی خطرناک عورت تھی۔ اس کے جسم کا ہر خم یہ کہے دیتا تھا۔ "مجھ سے بچ کے کہاں جاؤ گے۔ میں ساری دُنیا کی سب سے زیادہ خوبصورت عورت ہوں۔ لامحالہ تمھیں مجھ کو ہی ملکۂ حُسن انتخاب کرنا پڑے گا۔"

کملا کے تبسم میں ایک عجیب قسم کی دعوت تھی۔

بزدل کانپنے لگا۔

آخر جب لیڈی گاما نے اعلان کیا۔ کہ شری مان گدھے جی ملکۂ حُسن کا نتیجہ سُنائیں گے تو ہال تالیوں سے گونج گونج گیا۔

میں نے مائیکروفون پرے ہٹا کے کہا۔

"خواتین و حضرات ـــــــــ"

جس طرح یہاں تشریف رکھنے والی بہت سی خواتین نے اس مقابلۂ حُسن میں شریک ہونا ضروری نہیں سمجھا۔ کیوں کہ ان کی خوب صورتی کی شہرت مسلّم ہے۔ اسی طرح میں بھی اپنے تئیں مائیکروفون کا استعمال ضروری نہیں سمجھتا ہوں کیوں کہ میری آواز کی بلندی بھی مسلّم ہے (تالیاں اور قہقہے) اور میرا خیال ہے کہ کسی گدھے کو بھی مائیکروفون کے استعمال کرنے کی

اجازت نہ ہونی چاہئے۔ حالاں کہ میں نے بڑے بڑے گدھوں کو مائیکروفون کا بے جا استعمال کرتے ہوئے دیکھا ہے....

(کم تالیاں اور کم قہقہے)

خواتین و حضرات

اس موقع پر ہندوستان کے گوشے گوشے سے جو حسینائیں مقابلۂ حسن میں شامل ہوئی ہیں۔ ان کی شرکت ہمارے لئے وجہ مسرت ہے۔ لیکن غم اُن حسیناؤں کا بھی ہے۔ جو کسی وجہ سے اس مقابلے میں شریک نہ ہوسکیں۔

میں ایک گدھا ہوں۔ اس لئے مجھے میری صاف بیانی پر معاف کیا جائے۔ اگر میں صاف صاف کہہ دوں کہ مجھے غم اس مزدور عورت کا ہے۔ جو دو بچوں کی ماں ہے۔ اور کانپور ٹیکسٹائل مل میں نوکر ہے۔ دو بچوں کی ماں ہونے کے باوجود وہ اس قدر خوب صورت ہے کہ اگر کہیں وہ اس مقابلۂ حسن میں شرکت کرسکتی، تو آپ اسے دیکھ کر حیرت میں آجاتے۔

مگر وہ اس مقابلے میں شریک نہ ہوسکی۔ کیوں کہ وہ دو بچوں کی ماں ہے۔ اس کے پاس نہ اتنا وقت تھا۔ نہ اتنا کرایہ تھا کہ وہ یہاں تک آسکتی۔ اس کے پاس اس مقابلۂ حسن کے داخلے کے پچیس روپے بھی نہ تھے۔ فرض کرلو کہ وہ کسی طرح سے روپے کا بندوبست کرکے یہاں آبھی جاتی۔ اور مقابلۂ حسن کی ملکہ بھی چُن لی جاتی۔ لاس اینجلز کے عالم گیر مقابلے میں حصہ لینے کے لئے پھر بھی یہ سوال باقی رہتا کہ اس کے دو بچوں کو لاس اینجلز کی سیر کون کرائے گا۔ اور اگر وہ بچے یہاں چھوڑ جاتی تو وہ کھاتے کہاں سے؟

میں ایک مرحوم دھوبی کا گدھا ہوں۔ میری مالکن کے دو بڑے پیارے پیارے بچے ہیں۔ وہ خود آج بھی اس قدر حسین ہے کہ اگر وہ کہیں بھولے سے اس مجمع میں چلی آئے تو آپ سب لوگ عزت و احترام سے کھڑے ہوجائیں گے اور متفقہ طور پر اسے ہندوستان کی ملکۂ حسن قرار دیں گے۔ مگر افسوس ہے کہ وہ بھی اس مقابلۂ حسن میں شریک نہ ہوسکی۔ وہ اس وقت

جمنا گھاٹ پر کپڑے دھونے کے لئے گئی ہوئی ہے۔ ایک ایسی لڑکی کے کپڑے دھونے کے لئے جو خود اس مقابلۂ حسن میں شریک ہے۔

(میں نے آنکھ کے گوشے سے مس روپ وتی کی طرف دیکھا۔ وہ ہونٹ چبا رہی تھی۔

میرا مقصد اس حسن کی برائی کرنا نہیں ہے جو یہاں موجود ہے۔ مگر معاف کیجئے گا۔ یہ سول لائن، کناٹ پلیس اور مال روڈ کا حسن ہے۔ ہر بڑے بڑے گھروں کے سکون آرام اور تعیش میں پلا ہوا حسن ہے۔ اس حسن نے کبھی کوئی فاقہ نہیں کیا، کبھی کوئی غم نہیں دیکھا، کبھی چیتھڑے نہیں پہنے۔ کبھی سڑکوں پر نہیں سویا۔ یہ کھلی ہوا کا حسن نہیں ہے یہ تو ایک خوب صورت فانوس میں جلتی ہوئی موم شمع کا حسن ہے۔

کیا یہ ہندوستان کا حسن ہے، یا وہ جو جمنا گھاٹ پر کپڑے دھوتا ہے۔ جو سرسوں کے کھیت میں گیت گاتا ہے جو گنّے کے پودوں میں رس اتارتا ہے اور کالی مرچ کی بیلوں سے سبز دانے توڑتا ہے۔ وہ حسن جو انسان کی محبت اور محنت اور روزمرہ کے کام کی پیداوار ہے۔ اس حسن کی قدر و قیمت کا اندازہ کئے بغیر اس کی عظمت کا احاطہ کئے بغیر کیا ہمارا مقابلۂ حسن ادھورا نہیں رہ جاتا؟

پھر ذرا غور تو کیجئے کہ مختلف جگہوں میں معیارِ حسن مختلف ہے۔

بنگال میں لانبے بال اور بالی وڈ میں کٹے ہوئے بال۔ فرانس میں پتلے کولہے، اور ہندوستان میں بھاری کولہے، حسن کا معیار سمجھے جاتے ہیں۔ کشمیری گورے رنگ کا شیدائی ہے مگر ٹانگا نیکا میں حسن رات کی طرح حسین ہوتا ہے۔ کوئی پتلے ہونٹ پسند کرتا ہے۔ کوئی موٹے ہونٹ کوئی لانبی گردن، کوئی چھوٹی گردن۔ کوئی بڑی بڑی آنکھیں تو کوئی چھوٹی چھوٹی غلافی آنکھیں۔

پھر عالم گیر حسن کا معیار کیا ہوگا؟ کس طرح اس کا فیصلہ کیا جائے گا؟

لیکن سب سے اہم سوال تو یہ ہے کہ حسن کیا ہے؟ جب تک اس سوال کا فیصلہ نہ

ہو جائے۔ میں کوئی فیصلہ نہیں دے سکتا۔

ہر مرد کی زندگی میں ایک عورت ایسی آتی ہے۔ جس کا حُسن جانے کیا ہوتا ہے اور کیا نہیں ہوتا ہے، مگر اُس مرد کے دل میں اور اس کی اور اس کی روح میں جنت کی ساری حوروں سے بڑھ کر ہوتا ہے!

ایک ایسا ہی آدمی میں نے جمنا پار کرشن نگر میں دیکھا تھا۔ وہ ایک غلیظ جھونپڑے میں رہتا تھا۔ اس کا نام دھنو تھا۔ وہ ایک دھوبی تھا۔ اور ہمارا ہمسایہ تھا اس کی بیوی دیکھنے میں بڑی معمولی شکل وصورت کی تھی۔ رنگ سانولا، بلکہ کالا، ناک نقشہ بالکل معمولی معمولی آنکھیں معمولی سے ہونٹ، معمولی سی ٹھوڑی، اس کی چال ڈھال میں کوئی ایسی بات نہ تھی جو غیر معمولی ہو۔

لیکن ایک بات اس میں غیر معمولی تھی۔

شام کو جب دھنو دھوبی گھاٹ سے تھکا ماندہ کپڑوں کا بوجھ سر پر اُٹھائے گھر آتا تھا۔ تو وہ ایسی مسکراہٹ سے ایسی دل کش دل فریب دل رُبا مُسکراہٹ سے اس کا استقبال کرتی تھی کہ دھنو اپنے دن بھر کی ساری کلفت بھول جاتا تھا۔

اس غریب عورت کے پاس دُنیا کی سب سے خوب صورت مُسکراہٹ ہے۔

افسوس تو یہ ہے کہ یہ مسکراہٹ میں آپ کو دکھا نہیں سکتا۔ اس مُسکراہٹ کو نہ تو ناپا جاسکتا ہے۔ نہ تولا جاسکتا ہے۔ نہ اس کا گراف بنا کے جیومیٹری کی اشکال میں ڈھالا جاسکتا ہے کیوں کہ یہ مُسکراہٹ اس کے ہونٹ نہیں ہیں۔ اس کے دانت نہیں ہیں۔ اس کا چہرہ نہیں ہے۔ اس مسکراہٹ کا تعلق اس کی مکمل شخصیت سے ہے۔ اس کے جسم وجان کی پوری زندگی سے۔ پھر اس مسکراہٹ کا تعلق اس کے اپنے خاوند سے بھی ہے۔ جس طرح وہ اپنے خاوند کو دیکھ کر مسکراتی ہے۔ جس سے خود اس کا چہرہ اتنا بدل جاتا ہے کہ وہ انتہائی حسین ترین عورت معلوم ہونے لگتی ہے۔ اس مسکراہٹ کا تعلق دونوں کی محبت سے بھی ہے۔ یہ مُسکراتا ہوا عظیم حُسن محبت کے عمل اور ردِ عمل کی پیداوار ہے مجھے شبہ ہے کہ وہ عورت اس طرح کسی

دوسرے مرد کے سامنے بھی مُسکرا سکے گی۔ چاہے آپ اسے ہندوستان کی ملکہ حسن منتخب کرکے لاس اینجلز کے کسی عظیم الشان ہال میں کھڑا کیوں نہ کر دیں۔ میرا خیال ہے وہ کبھی اس طرح مُسکرا نہ سکے گی۔

کیوں کہ اس کا دھوبی خاوند وہاں موجود نہ ہوگا۔

پھر ہم کس طرح اس حُسن کو پرکھیں گے۔

میں سمجھتا ہوں، حُسن کو پرکھنے کا یہ معیار غلط ہے۔ ایک عورت کا حُسن اس کے عمل ہی سے پہچانا جاسکتا ہے۔ وہ عمل جس کا تعلق نہ صرف اس کی ذات سے ہے بلکہ اس کے گھر سے ہے۔ اس کے بچوں سے۔ اس کے کارخانے سے، اس کے کھیت سے، عورت کا حُسن کوئی خلاء میں رکھی جانے والی چیز نہیں ہے کہ ہم اسے عورت کے ماحول سے الگ کر کے ایک غسل کرنے والے تالاب کے کنارے کھڑا کر کے اس کی ناپ تول شروع کر دیں۔ حُسن کو خلاء میں نہیں جانچا جاسکتا!

حسن کوئی مصری ممی کی طرح حنوط شدہ لاش نہیں ہے۔ وہ تو ایک زندہ آگے بڑھتا ہوا بدلتا ہوا زندگی کا عمل ہے۔ یہ کس قدر غلیظ اور بدصورت بات ہوتی اگر رومیو، جیولیٹ کی دلربائی کو فیتے سے ناپنا شروع کر دیتا، اگر پیرس، ہیلن کے حسن کا وزن کسی مشین پر تولنا شروع کر دیتا۔ اگر سیتا کی زندہ اور لازوال خوب صورتی کا موازنہ کسی پتھر سے ترشے ہوئے ٹکڑے سے کر دیا جاتا۔ مجھے تو حیرت ہوتی ہے کہ آپ لوگ اس مقابلہ حُسن میں کان کی لو دیکھتے ہیں مگر اس آواز کو نہیں سُنتے، جو اس کان کے اندر جاتی ہے۔ آپ آنکھ دیکھتے ہیں مگر آنکھ کی شرم نہیں دیکھتے۔ سینے کا اُبھار دیکھتے ہو مگر اس کے اندر چُھپی ہوئی ماں کی مامتا نہیں دیکھتے!۔

پھر میں آپ کے اس مقابلہ حُسن کے بارے میں کیا رائے قائم کرسکتا ہوں۔

میں تو یہی کہہ سکتا ہوں کہ سچا حُسن اور سچی خوب صورتی کسی بھی بڑے سے بڑے اشتہار باز کی غلاموں کی منڈی میں بکاؤ نہیں ہے۔ جہاں رانیں اور پنڈلیاں ناپی جاتی ہیں۔ اور

"..... میں آپ سے کہتا ہوں کہ آپ کا یہ مقابلۂ حسن مکمل فراڈ ہے، دھوکا ہے جعل سازی ہے اور بد دیانتی ہے اور میرا اس کے متعلق یہی ہے۔"

"..... میں آپ سے کہتا ہوں کہ آپ کا یہ مقابلۂ حسن مکمل فراڈ ہے، دھوکا ہے،
جعل سازی ہے اور بد دیانتی ہے، اور میرا اس کے متعلق یہی فیصلہ ہے۔"

بھاگتے ہی بنی۔ مجھے بپھرتا دیکھ کر سٹیج پر بھی ایک ہنگامہ بپا ہوگیا۔ مائیکرفون گر پڑا۔ لیڈی گاما بے ہوش ہوگئیں۔ لڑکیاں چیخنے چلّانے لگیں۔ اس صورتِ حال بلکہ صورتِ ہال کو دیکھ کر میں نے وہاں سے کھسکنا ہی مناسب سمجھا۔ چنانچہ میں سٹیج پر سے دولتیاں جھاڑتا ہوا، اور اپنی مخصوص بولی بولتا ہوا نیچے اترا اور بھاگتا ہوا کلب کے باہر چلا گیا۔ بہت سے لوگ طیش میں آکے میرے پیچھے دوڑے مگر اس وقت سوال میری زندگی اور موت کا تھا۔ اس لئے میں نے بھی آنکھیں بند کر کے بگ ٹٹ بھاگنا شروع کر دیا۔ مجھے یاد نہیں کہ میں کون سی سڑک پر سے کدھر بھاگا۔ کدھر مُڑا۔ کدھر گھس پڑا۔ مجھے اس وقت ہوش آیا جب میرا سر ایک میز سے ٹکرایا اور بہت سی چینی کی پیالیاں اک دم چھن سے ٹوٹ پڑیں اور بہت سے لوگ ایک دم گھبرا کر اپنی اپنی کرسیوں سے اُٹھ کھڑے ہوئے اور بانہیں پھیلا پھیلا کر چلّانے لگے۔

"یہ گدھا کدھر سے گھس آیا، نکالو، اسے باہر۔"

اب میں نے ذرا غور سے اِدھر اُدھر دیکھا۔ تو معلوم ہوا کہ میں تو ولنگڈن کلب سے بہت دور، انڈیا گیٹ سے بھی بہت آگے جیند ہاؤس میں گھس آیا ہوں۔ یہاں پر اتفاق سے جیند ہاؤس کے وسیع العریض لان پر ایک بہت بڑی گارڈن پارٹی کا انتظام کیا گیا تھا، جسے میں نے آکے درہم برہم کر دیا تھا۔

بھاگ جانا گدھے کا ولنگڈن کلب سے
اور گھس جانا ساہتیہ اکاڈیمی میں
اور ملاقات کرنا
ملک کے نامور ادیبوں اور لیکھکوں سے

میں ابھی وہیں کھڑا تھا اور چوکنا ہو کر سوچ رہا تھا کہ اب کِدھر جاؤں۔ اتنے میں کیا دیکھتا ہوں کہ ایک ادیب صورت، نیک طینت، پاک سیرت خُدا کا بندہ سر سے کندھوں تک بال جھٹکائے۔ ہاتھ میں ڈھیلا اُٹھائے مجھے مارنے کے لئے چلا آتا ہے۔ اس کا چہرہ کتابی تھا ماتھا نورانی اور داڑھی سفید۔ پہلے تو وہ مجھ سے دور رہا۔ اور ڈھیلا اُٹھائے ڈراتا رہا اور بکتا رہا۔

"عدم تشدد میں یقین رکھتا ہوں۔ ورنہ ڈھیلا ابھی مار دیتا۔ اس لئے بہتر ہے کہ سیدھے سیدھے یہاں سے چلے جاؤ۔"

میں نے کہا "میرے پیچھے پیچھے بہت سے لوگ ڈنڈے اُٹھائے مجھے مارنے کو

"عدم تشدد میں یقین رکھتا ہوں ۔ ورنہ ڈھیلا ابھی مار دیتا۔ اس لئے بہتر ہے کہ سیدھے سیدھے یہاں سے چلے جاؤ۔"

آرہے ہیں، اس لئے واپس بھاگ نہیں سکتا۔ چاہے تم تشدد کرو یا عدم تشدد!"

مجھے بولتے دیکھ کر اس آدمی کے ہاتھ سے ڈھیلا چھوٹ گیا۔ آنکھیں پھٹی کی پھٹی رہ گیئں رنگ فق ہوگیا۔ اور داڑھی کے بال ایسے کانپنے لگے کہ مجھے خطرہ محسوس ہوا کہیں داڑھی بھی چہرے سے چھوٹ کر نیچے نہ گر پڑے۔ بارے تھوڑی دیر کے بعد اس پیر نیک صفات نے اپنے آپ پر قابو پایا۔ اور بڑی مشکل سے بولا۔ "تم کون ہو؟"

میں نے کہا

"بنا کر گدھوں کا سا بھیس غالب
تماشائے اہلِ کرم دیکھتے ہیں"

وہ آدمی یہ سنتے ہی پلٹ گیا۔ اور اپنی میز پر جاتے ہی اپنے ساتھی اور بیوی سے کہنے لگا "دوستو۔ ایک معجزہ ہوگیا معجزہ"

"کیا؟" بہت سے ادیب اک دم بول اُٹھے۔

"جی غالب گدھے کا بھیس بنائے ہم سے ملنے آئے ہیں"

"جھوٹ!"

"ارے نہیں۔ اپنی آنکھوں سے دیکھ لو۔ اپنے کانوں سے سُن لو۔ وہ سامنے کھڑے ہیں" اس نورانی صورت نے میری طرف اشارہ کیا۔

اتنے میں ایک چپراسی، ساہتیہ اکاڈمی کے سکریٹری۔ اور ان کا اسسٹنٹ جن کا نام بعد میں مجھے پتہ چلا کہ ڈی ڈی گرگج ہے، وہ سب ڈنڈے اُٹھائے مجھے باہر نکالنے کے لئے آئے کہ اس پیر نیک صورت نے ہاتھ کے اشارے سے انھیں روک دیا۔ بلکہ میرے لئے ایک اسپیشل کرسی لانے کو کہا۔

اس کے بعد میں بڑے احترام سے ان ادیبوں کی مجلس میں بٹھایا گیا۔ بہت سے لوگ مجھے برابر گھور رہے تھے۔ آخر مجھ سے رہا نہ گیا۔ میں نے کہا "کیوں صاحبو کیا آپ

نے آج تک کوئی گدھا نہیں دیکھا۔ جو اس کو بُری طرح گھور رہے ہو۔"

ایک صاحب بولے "ہم سب جانتے ہیں۔ آپ یہ بتایئے۔ آپ نے یہ ہیئت کذائی کیسی بنا رکھی ہے۔ کس لیے؟"

میں نے کہا "تن خاکی کو کسی طرح تو ڈھانپنا چاہیے۔"

"کہیے کیسے آنا ہوا؟ جہاں پر آپ ہیں وہاں سے تو بڑی مشکل سے واپس آنا چاہیے"

"جی بجا ارشاد فرمایا۔ بڑی مشکل سے آیا ہوں۔ ابھی تک کانوں میں اُن لوگوں کی آوازیں گونج رہی ہیں۔ جو میرے پیچھے پیچھے آ رہے تھے۔"

"اجی صاحب۔ آپ کا کلام جو ایک دفعہ سُنے گا وہ سو دفعہ آپ کے پیچھے بھاگے گا۔ اس میں کیا شُبہ ہے؟" ایک منحنی سے ادیب بڑی باریک آواز میں بولے۔

"کلام؟" میں کچھ حیرت زدہ سا رہ گیا۔ اس نورانی صورت نے میرے کان میں کہا "میں نے ان کو بتا دیا ہے۔ کہ آپ کون ہیں، غالب! گدھے کے بھیس میں!"

"غالب؟ لاحول ولا!" میں نے غصّے میں اس کی طرف دیکھ کے کہا "اجی صاحب میں تو ایک معمولی گدھا ہوں، جسے بس کچھ لکھنے پڑھنے کی شُد بُد ہے۔ بس، کہاں میں کہاں غالب!"

"اچھا! اچھا!" اکاڈمی کے سکریٹری صاحب بولے "میں سمجھ گیا۔ آپ ہی بولنے والے گدھے ہیں جن کی تصویر اخباروں میں چھپی ہے۔"

"اجی بولنے والے گدھے تو دُنیا میں بہت ہیں۔ تصویر کسی کسی کی چھپتی ہے البتہ" میں نے کورنش بجا لاتے ہوئے کہا۔

"لیکن براہ کرم مجھے بھی تو یہ بتایئے کہ میں کس مجلس میں بن بلائے مہمان کی طرح گھس آیا ہوں؟"

سکریٹری صاحب بولے "یہ ہند ساہتیہ اکاڈمی کلا کیندر اور سنگیت ناٹیہ اکاڈمی

کا ملا جلا جلسہ ہے۔ آپ کو یہاں پر ہندوستان کے چوٹی کے ٹیکنیک، کلاکار، سنگیت کار اور ناٹیہ کار ملیں گے۔ اس میز پر جہاں آپ بیٹھے ہیں، یہاں تقریباً سبھی ادیب بیٹھے ہیں۔ دیکھیے یہ نورانی صورت والے شری گن اندر ناتھ ناگپال ہیں۔ آپ ہندی کے سب سے بڑے ناولسٹ ہیں۔ آپ نے دس ناول لکھے ہیں۔ ان کے ناولوں کی خاص بات یہ ہے کہ جو بات ایک ناول میں کہتے ہیں، دوسرے میں خود ہی اس کی تردید کرتے ہیں۔ ان کی ساری ادبی زندگی اپنی لکھی ہوئی باتوں کی تردید میں گزری ہے۔ اسی لئے تو ہندی ساہتیہ میں ان کا وشیش استھان ہے۔ یہ ہماری مجلس عاملہ کے رکن ہیں۔ ان سے ملئے۔ یہ اچکن والے، ٹوپی والے، چگی داڑھی والے شری ابوصحافی ہیں۔ ان کا کمال یہ ہے کہ انھوں نے پچھلے پندرہ سال سے اردو ادب کی کوئی کتاب نہیں پڑھی یہ بھی ہماری مجلس عاملہ کے ایک رکن ہیں۔ آپ سے ملئے شری سُندر سنگھ جی۔ آپ نہ ادیب ہیں نہ ٹیکنیک، کوی نہ شاعر، لیکن بڑے اونچے پائے کے معلّمِ اخلاق ہیں۔ آپ بھی ہماری مجلس عاملہ کے رکن ہیں۔ آپ سے ملئے شری ڈی ڈی گرّیچ، گجراتی کے ادیب ہیں، گجراتی کے علاوہ دوسری زبانوں کے ادیبوں سے اور ان کے ادب پر آپ کی نظر بڑی گہری ہے۔ آپ شری عبدالشکور پروفیسر، گو آپ بھی ادیب نہیں ہیں۔ لیکن پچھلے پندرہ بیس سال سے اس امر پر ریسرچ فرما رہے ہیں کہ اُردو کا قاعدہ اگر الف کے بجائے "ی" سے شروع ہو۔ تو کیسا رہے؟"

"کیسا رہے؟" میں نے کہا۔

عبدالشکور بولے "جی میرا خیال ہے کہ اگر ایک بچہ اردو کا قاعدہ چھ ماہ میں ختم کر لیتا ہے تو پھر چھ سال میں ختم کرے گا۔"

میں نے پوچھا "اس سے کیا فائدہ ہوگا۔"

وہ بولے "اس سے ایک تو بچے کے علم و فضل کی بنیادیں پکی ہوں گی اور دوسرے زبان سے مشکل ترین ہوتی جلے گی۔"

"مشکل زبان سے کیا فائدہ ہوگا؟"

"صحیح علم تو مشکل زبان ہی میں ملتا ہے" عبدالشکور بولے "ہمارے یہاں تو سہل زبان میں لکھنے والے ادیبوں کا گزر ہی نہیں ہم نے اپنی ساہتیہ اکاڈیمی میں اس بات کا خاص اہتمام کر رکھا ہے کہ کوئی ایسا ادیب اس میں گھسنے نہ پائے جس نے گزشتہ پندرہ بیس سال میں کوئی بات کوئی کام کی بات آسان زبان میں لکھی ہو۔ ہمارے سامنے اکاڈیمی فرانسے کی مثال موجود ہے اس اکاڈیمی میں ایسے ادیبوں کو شامل نہیں کیا گیا تھا۔"

میں نے کہا "آپ کو اس امر پر فخر کرنے کے بجائے شرم آنی چاہئے۔"

"اپنا اپنا خیال ہے۔" شری گن اندر ناتھ ناگ پال نے ایک رس گلے کی طرف دھیان لگاتے ہوئے بلکہ یوگا ابھیاس کرتے ہوئے کہا۔

"خیر چھوڑیئے۔ اس قصے کو۔" میں نے بات کا رُخ پلٹتے ہوئے کہا "مجھے چونکہ بچپن ہی سے پڑھنے لکھنے کا شوق رہا ہے۔ کیا میں اس اکاڈیمی کا ممبر ہو سکتا ہوں۔"

"بس یہی تو خرابی ہے!" شری گرُبچ انکار میں سر ہلا کے بولے۔

"کیا؟"

"یہی کہ آپ کو پڑھنے لکھنے کا شوق ہے۔" شری گرُبچ مجھے سمجھاتے ہوئے بولے "دراصل ہمارے ہاں ممبر ہونے کے لیے بڑی مشکلات کا سامنا کرنا پڑتا ہے۔ پہلی بات تو یہ ہے ہم پچاس برس سے ادھر کے ادیب کو بالعموم ممبر ہی نہیں بناتے۔ کیوں کہ اس وقت تک اس میں ذمہ داری کا احساس ہی نہیں پیدا ہوتا۔ آپ ہماری اکاڈیمی کے ممبروں کو دیکھئے ایک سے ایک بڈھا پڑا ہے۔ جس نے برسوں سے کوئی کتاب نہیں پڑھی۔ نہ پڑھنے کا ارادہ رکھتا ہے کتاب سے زیادہ ہماری مجلس عاملہ میں بیماریوں کا ذکر زیادہ رہتا ہے۔ کسی کو دل کی بیماری ہے تو کوئی دمے میں مبتلا ہے۔ کسی کو آشوبِ چشم ہے۔ تو کوئی ذیابیطس کا مریض ہے۔ کہئے آپ کسی خطرناک مرض میں مبتلا ہوں تو میں آپ کی ممبر شپ پر غور کروں؟"

میں نے کہا "میری صحت تو بہت عمدہ ہے۔ اور ابھی پچاسواں سال مجھ سے بہت

ڈور ہے ۔"

"تو اکاڈیمی کی ممبری بھی بہت دور سمجھئے " شری گرو ہنس کر بولے " اس کے علاوہ ہم ذرا یہ پسند کرتے ہیں کہ پڑھنے لکھنے کے بجائے اگر ہم سوچنے سمجھنے پر زیادہ غور کریں تو اچھا رہے گا دراصل ہم اچھے مفکر پیدا کرنا چاہتے ہیں ۔ ہماری مجلس عاملہ میں آپ کو ادیب کم اور مفکر زیادہ ملیں گے ایسے بھی لوگ ہمارے ہاں ہیں جنھوں نے پچھلے پانچ سال میں کوئی کتاب نہیں لکھی پچھلے پندرہ سال سے کوئی نہیں لکھی ۔ مگر وہ ہماری اکاڈیمی کے ممتاز رکن ہیں ۔ کس لئے ۔ ایک ادیب ہونے کے ناطے سے نہیں ایک ممتاز مفکر ہونے کی وجہ سے ۔ انھوں نے لکھنے پڑھنے کے بجائے اپنی عمرِ عزیز کا بیشتر حصہ سوچنے سمجھنے ۔ غور کرنے ۔ غور کرتے کرتے اونگھنے اور اونگھتے اونگھتے سو جانے میں صرف کیا ہے ۔"

"سبحان اللہ !" میرے مونہہ سے بے اختیار نکلا ۔

"پھر ہمارے ہاں ذرا اُن آپ کی نئی نئی تحریکوں کو بھی اچھا نہیں دیکھا جاتا ۔ جو گزشتہ تیس سال میں ہندوستان کے مختلف ادبوں میں آئی ہیں ۔ اور دیکھتے ہی دیکھتے اس پر چھا گئی ہیں ۔"

"آپ کا اشارہ ؟"

"میرا اشارہ یہ انسانیت پسند ، جمہوریت پسند ، اشتراکیت پسند ، ترقی پسند ادیبوں کی مختلف انجمنوں سے ہے ۔ ان کے کام سے ہے ۔ ان کے ادب سے ہے ۔ بلا مبالغہ آپ اُن انجمنوں کے کسی ممبر کو ہماری اکاڈیمی کا ممبر نہیں پائیں گے ۔"

"کیوں ؟"

"بس ہم نہیں پسند کرتے اور کیوں ؟ "

"مگر ان لوگوں کی تخلیقات ہندوستان بھر میں مقبول ہیں ، دوسری زبانوں میں ترجمہ ہوتی ہیں ہندوستان سے باہر درجنوں زبانوں میں ان کی تخلیقات کو وقعت اور احترام کی نظر سے دیکھا جاتا ہے ۔"

"دیکھا جاتا ہوگا جی۔ مگر ـــــــ" سکریٹری صاحب نے اب بیچ میں آکے بولنا شروع کیا "یہ ہندوستان ساہتیہ اکاڈیمی ہے۔ یہاں کوئی ترقی پسند ادیب نہیں گھس سکتا۔"

شری سندر سنگھ بات کی سختی کو نرم لہجہ دیتے ہوئے بولے۔" بات دراصل یہ ہے شری مان جی کہ ہم لوگ ذرا کلاسکی ادب کو پسند کرتے ہیں۔ اردو میں غالب تک، ہندی میں بھارت اندو تک، سنسکرت میں کالی داس تک۔"

"تو گویا اس کے بعد اب تک جو کچھ زبان میں لکھا گیا ہے۔ جو کچھ دُنیا میں ہوا ہے۔ دُنیا میں جو نئی تحریکیں چلی ہیں، جو حادثات واقعات پیدا ہوئے ہیں، جنھوں نے نہ صرف سیاست بلکہ ادب اور پُوری زندگی کا دھارا موڑ کے رکھ دیا ہے۔ ان سے آپ کو کوئی سروکار نہیں؟" میں نے پوچھا۔

سکریٹری صاحب نے مُسکرا کے پُوچھا "آپ گھاس تو نہیں کھا گئے؟"

میں نے کہا "کھائی نہیں ہے۔ کھانا چاہتا ہوں۔"

سکریٹری نے میزبانی کے فرائض انجام دیتے ہوئے کہا۔ "ابھی منگواتا ہوں۔"

یہ کہہ کر وہ تو یہاں سے چل دیئے، میں نے مُڑ کر شری گرد چ سے پوچھا۔ "میرا تو ادیبوں سے یا ادب سے تعلق رکھنے والوں سے ملنے کا یہ پہلا موقع ہے۔ اس سے پہلے آپ لوگوں کی کتابیں پڑھتا تھا۔ کہئے۔ آپ لوگ میرا مطلب ہے کہ ساہتیہ اکاڈیمی کے اراکین حاضرہ ادب اور ادیبوں کی امداد کے سلسلے میں کیا کام کر رہے ہیں؟"

شری گرد چ بولے "ابھی تو ہم ایک بہت بڑی فہرست مرتب کر رہے ہیں، اُن تمام ادیبوں کی اور اُن کی تمام کتابوں کی جو گزشتہ سو برس میں لکھی گئی ہیں۔"

میں نے پُوچھا "اور ان کتابوں کی فہرست کون بنائے گا۔ جو گزشتہ سو برس میں نہیں لکھی گئیں۔ ادیب کی مُفلسی کی وجہ سے، اس کی بھوک، غُلامی، بے کاری، بدحالی کی وجہ سے وہ تمام شعر، وہ تمام تصویریں، مصوّری کے نادر نمونے، سنگیت کے شاہکار جو کلاکار کے

دماغ میں گھٹ کے رہ گئے، کیوں کہ اس کے پاس کھانے کو کچھ نہ تھا۔ کیوں کہ اس کا بچہ بھوک سے دم توڑ رہا تھا۔ اس کی بیوی تپ دق سے مر گئی تھی۔ ان تمام کتابوں، شعروں، تصویروں، سنگیت کے نمونوں کی فہرست کون بنائے گا۔ جو ہو سکتے تھے، لیکن نہ ہوئے؟"

یہ ہمارا کام نہیں ہے!" شری گروچ جھینپ کر بولے۔

"تو پھر یہ کام کس کا ہے! کون سی ہندوستانی ساہتیہ اکاڈمی اس کام کو اپنے ہاتھ میں لے گی۔ وہ کون سی اکاڈمی ہوگی جو ادیب کے زخمی سینے پر مرہم رکھے گی، جو اس کی کتابوں کی محافظ بنے گی۔ جس نے انھیں اپنے خونِ جگر سے لکھا ہے۔ وہ کون سی اکاڈمی ہوگی، جو ادیبوں کو بہتر معاشی حالاتِ زندگی مہیا کر کے اُن سے ناول، کہانیاں، شعر کہلوائے گی، انھیں سماج کے مفید افراد سمجھ کر انھیں چھٹی، پنشن، طبی مدد، بچوں کے لیے تعلیم کا بندوبست کرے گی۔ وہ کون سی اکاڈمی ہوگی جو ادیبوں کو انسان سمجھے گی۔ انھیں ہوا پھانکنے والے خلا میں رہنے والے مافوق الفطرت افراد سمجھنے پر مجبور نہ ہوگی؟"

"لیجئے آپ کی گھاس آگئی!" سکریٹری نے جلدی جلدی مجھ سے کہا، ان کی مصنوعی مسکراہٹ کے پیچھے میں غصے کا ایک طوفان اٹھتا ہوا دیکھ رہا تھا۔ صاف معلوم ہو رہا تھا کہ اگر اکاڈمی کے قوانین میں اس امر کا انتظام ہوتا کہ کسی مہمان کو اس کی گستاخی پر گولی ماری جا سکتی تو وہ بلاشبہ اس وقت مجھے گولی مار دیتا۔ مگر کیا کرے۔ گھاس پیش کرنے پر مجبور تھا۔

میں نے اِدھر اُدھر دیکھا۔ مگر اس بحث کوئی حصہ لینے کو تیار نہ تھا۔ شری گن اندر جی نے رس گلا نگل لیا تھا اور اب سمادھی میں چلے گئے تھے۔ شری ابو المعانی اُونگھتے اونگھتے مراقبے میں پہنچ گئے تھے۔ شری سندر سنگھ جی بار بار اس طرح اپنی داڑھی کھجا رہے تھے جیسے انھیں کوئی نیا خیال ستا رہا ہو، حالاں کہ صرف کھجلی تھی۔ جب میں نے یہ دیکھا کہ ادیب اس خطرناک بحث میں حصہ لینے کو تیار نہیں ہے تو میں نے بھی یہی بہتر سمجھا کہ گھاس کھانا شروع کر دوں۔ ایک گدھا اس سے زیادہ کر بھی کیا سکتا ہے۔ خصوصاً جب اسے ایسے لوگوں سے پالا پڑے

جو اپنی افتادِ طبع سے ادیب کم اور قبروں کے مجاور زیادہ معلوم ہوں۔

میں نے گھاس کی طرف توجہ کی۔ ابھی دو ایک نوالے ہی لئے تھے کہ ادھر سے کھٹکا ہوا دیکھا ایک صاحب گلے میں چادر ڈالے۔ دھوتی باندھے۔ تان پورا ہاتھ میں لئے مسکراتے ہوئے میری طرف چلے آ رہے تھے۔

قریب آ کے کہنے لگے "ہم نے سنا ہے آپ کو پکّے گانے سے شوق ہے۔"

میں نے کہا "میں خود پکّا گانا گاتا ہوں۔ کہئے تو ابھی بلمپت ہی شروع کر دوں۔"

وہ ہنس کر بولے "نہیں تو۔ ابھی تو۔ آپ تو چل کر ہمارے سنگیت کاروں سے 'اگن کلی' سنئے تو۔"

"ٹھہریئے تو۔" میں نے کہا "یہ تھوڑی سی گھاس کھا لوں تو پھر جانے کب ملے نہ ملے تو!"

جانا گدھے کا سنگیت اکاڈیمی کی محفل میں
اور سننا گن کلی کا
اور پکڑا جانا وہاں پر
اور رسّی باندھ کر لے جانا مس روپ وتی کا اس کو

چونکہ یہ فن کلا سے متعلق تینوں اکاڈیمیوں کی مشترکہ محفل تھی۔ اس لئے ہر شخص چاہے وہ پکّے گانے میں دلچسپی رکھتا تھا یا نہیں رکھتا تھا، گن کلی سننے کے لئے ہمہ تن گوش ہوگیا۔

گن کلی ڈیڑھ گھنٹے تک جاری رہی۔ اس عرصے میں میں آہستہ آہستہ گھاس کھاتا رہا اور گن کلی سنتا رہا۔ محویت کا یہ عالم تھا کہ کبھی کبھی مجھے یہ محسوس ہونے لگتا کہ جیسے میں گن کلی کھا رہا ہوں اور گھاس سُن رہا ہوں۔ بہت سے ادیب کرسیوں پر سر ٹکائے سو گئے تھے۔ ابو صحافی صاحب تین تال کے خراٹے لے رہے تھے۔ کلا کیندر کے چند مصوّر اکتا کر گن کلی گانے والے استاد کرشن داس دیشس پانڈے کے کارٹون بنا رہے تھے۔ حالانکہ جو خود کارٹون ہو اس کا کارٹون بنانے کی ضرورت محسوس نہیں ہوتی۔ استاد کرشن داس دیشس پانڈے کا گھرانا پچھلے ڈیڑھ سو سال

سے 'گن کلی' کے الاپ کا ماہر سمجھا جاتا تھا۔ پچھلے ڈیڑھ سو سال سے اس گھر نے سنگیت کی طرف اسی ایک صفت کی طرف توجہ کی تھی۔ باقی سب راگ راگنیوں کو چھوڑ دیا تھا۔ مگر 'گن کلی' میں وہ مہارت تامہ بہم پہنچائی تھی کہ ڈیڑھ گھنٹہ گن کلی سننے کے بعد پھولوں کو بھی نیند آنے لگتی تھی اور وہ بور ہو کر اپنی پتیاں بند کر کے پھول سے کلی بن جاتے تھے۔ کلاسکی سنگیت ودیا کا یہ اعجاز آج بھی اُستاد کرشن داس دیشس پانڈے کے گھرانے میں دیکھا جا سکتا ہے۔

'گن کلی' کے بعد پندرہ منٹ کا انٹرول دیا گیا۔ اگر نہ دیتے تو بہت سے سنگیت پریمیوں کے ہارٹ فیل ہو جانے کا اندیشہ تھا۔ اس وقفے کے دوران میں سننے والوں کو جا کے بہم پہنچائی گئی۔ اور سنانے والے کے پھیپھڑوں میں آکسیجن، کیوں کہ کلاسکی سنگیت کا ایک کمال یہ بھی ہے کہ اسے ڈیڑھ گھنٹے گانے کے بعد فوراً آکسیجن کی ضرورت محسوس ہوتی ہے۔

میں نے ایک سنگیت کار سے پوچھا "میں نے سنا ہے کہ کلاسکی موسیقی میں کئی راگ ایسے ہیں جن کا الاپ مکمل ہوتے ہوتے تین چار گھنٹے لگ جاتے ہیں؟"

"تین گھنٹے؟" سنگیت کار نے خفا ہو کے کہا "اجی صاحب اس انٹرول کے بعد آپ کو استاد رگھب علی خاں گندھر وماترا میاں کی طبار سنائیں گے جو کم سے کم چھ گھنٹے تک کا پروگرام ہے آج استاد بہت تیار ہو کے آئے ہیں۔"

میں نے کہا "آپ بھی تو ایسے موقعوں کے لئے ان کی قبر کھود کے تیار کرتے ہوں گے۔"

"کیا مطلب؟"

میں نے کہا "اگر مجھے ریاضی کا ایک ہی سوال دو لاکھ مرتبہ حل کرنے کو دے دیا جائے تو اس دوران میں کسی نہ کسی حادثے کا ہونا ممکن ہے۔ ممکن ہے میں پاگل ہو جاؤں، کسی کے بال نوچ لوں۔ آپ کا گلا کاٹ ڈالوں۔"

سنگیت کار نے مجھے سمجھاتے ہوئے کہا "کلاسکی موسیقی میں ایسا نہیں ہوتا ہاں آدمی زیادہ سے زیادہ بے ہوش ہو جاتا ہے۔ اس سے زیادہ کچھ نہیں ہوتا۔ ممکن ہے کسی سننے والے نے گھر

جا کے خودکشی کرلی ہو۔ مگر ہماری اکاڈمی کے پاس اس کی کوئی اطلاع نہیں ہے۔ اس لئے ہم وثوق سے کچھ نہیں کہہ سکتے۔"

میں نے کہا" میں نے تو یہی سنا ہے کہ جب سے آپ نے اور آل انڈیا ریڈیو نے، کلاسکی موسیقی کو رواج دینا شروع کیا ہے ملک میں پاگلوں اور خودکشی کرنے والوں کی تعداد بڑھ گئی ہے۔"

" معلوم ہوتا ہے" دوسرے سنگیت کار نے جو ہماری باتیں سن رہا تھا۔ میری طرف مخاطب ہو کے کہا" آپ کو ہندوستانی کلاسکی موسیقی سے بیر ہے۔"

" کلاسکی موسیقی کو میں بہت پسند کرتا ہوں" میں نے دوسرے سنگیت کار سے کہا۔ " مگر اعتدال کے ساتھ۔ جس طرح کی کلاسکی موسیقی کی ترویج میں آپ کوشاں ہیں۔ اس میں موسیقی تو بالکل نکل جاتی ہے۔ صرف ریاضی رہ جاتی ہے۔"

" آپ نہیں جانتے" دوسرے سنگیت کار نے خفا ہو کے کہا" ہماری ہندی موسیقی دُنیا کی سب سے پرانی موسیقی ہے۔ پچھلے تین ہزار سال میں اس سنگیت کا ایک سُر نہیں بدلا ہے راگ کا جو سُر آج سے تین ہزار سال پہلے تھا وہی آج بھی ہے"۔

میں نے کہا" اس میں فخر کی کیا بات ہے؟ ہمارے اپنے خاندان میں جیسے دُنیا بنی ہے۔ ہمارے گھرانے کے سنگیت کا ایک سُر آج تک نہیں بدلا ہے۔ ایک گدھا آج سے ایک لاکھ سال پہلے جس طرح گاتا تھا۔ آج بھی اسی طرح گاتا ہے۔ کیا مجال جو ایک سُر کا فرق کہیں رہ جائے۔ کہئے تو ابھی گا کے سُناؤں۔"

پہلے سنگیت کار نے مجھے گھور کے دیکھا مگر خاموش رہا۔

میں نے کہا" کبھی نہ بدلنا، کبھی کسی سے نہ سیکھنا۔ اپنے ڈھرے میں کبھی کوئی تبدیلی پیدا نہ کرنا کوئی خاص خوبی تو ہے نہیں۔ زندگی کے دوسرے شعبوں کی طرح فن اور کلا میں تغیر اور تبدیلی پیدا ہوتی رہتی تو اچھا ہے اور یہ کہنا کہ ہندی موسیقی نے باہر سے کوئی اثر ہی قبول نہیں کیا ہے، بالکل غلط ہے۔ جس طرح ہندی موسیقی یہاں سے باہر گئی ہے۔ اسی طرح عربی اور یوروپی

موسیقی باہر سے یہاں آئی ہے اس نے ہندی موسیقی سے مل کر زندگی کا نیا سنگیت پیدا کیا ہے جو یقیناً پہلے سے زیادہ دل کش ہے اور خوب صورت ہے ۔ آپ باہر کے اثرات کو اپنی موسیقی سے بالکل ہی غائب کیوں کر دینا چاہتے ہیں یہ رجعت پسندی آپ پر کیوں چھائی ہوئی ہے ؟ "

" ہم اپنے ملک کے کلچر میں بدیشی عنصر کو کیوں رکھیں ؟ "

ہر ایک کے کلچر اور فن اور کلا کا ایک اپنا مزاج ہوتا ہے ۔ وہ قومی ہوتا ہے ۔ مگر اس میں جو باہر کے عناصر آ کے اس طرح سموئے جاتے ہیں کہ وہ بھی اپنے قومی کلچر اور اس کے مزاج کا ایک حصہ معلوم ہوں ۔ انھیں جان بوجھ کے اور چن چن کے اس طرح نکال دینا جس طرح آج کل زبان سے بہت سے بدیشی لفظ نکالے جا رہے ہیں ۔ بدترین قسم کی حماقت ہے جو کبھی کامیاب نہیں ہوگی ۔ میں کلاسکی موسیقی کے خلاف نہیں ہوں ۔ لیکن میں یہ ضرور چاہتا ہوں کہ آپ لوک سنگیت کو بھی فروغ دیں ۔ فلمی موسیقی میں یوروپی اور عربی موسیقی کو سمو کر جو نیا سنگیت تعمیر کیا جا رہا ہے اس کی طرف بھی دھیان دیں ۔ اس کی برائیوں پر نظر رکھیں ۔ لیکن اس کی خوبیوں کی تعریف بھی کریں ۔ حیرت ہے کہ ہمارا لوک سنگیت اور فلمی موسیقی ہندوستان کے کروڑوں عوام میں اور ہندوستان کے باہر پورے ایشیا اور افریقہ بلکہ یوروپ میں بھی مقبول ہوتا جائے ۔ مگر یہاں کی سنگیت اکاڈمی سانپ کی سی کنڈلی بنائے اسی طرح کلاسیکی موسیقی کے اوپر بیٹھی رہے ۔ کیا آپ اپنی کینچلی کبھی نہ اتاریں گے ۔ اور پھر آپ کیا کرتے ہیں ۔ آپ یوں تو کلاسیکل موسیقی کا پروپیگنڈہ کرتے ہیں ۔ ہندوستان بھر میں عوام کے مذاق کو بلند کرنا چاہتے ہیں ۔ لیکن جب کوئی شو کرتے ہیں اور اس میں بڑے بڑے استادوں کو بلاتے ہیں تو سو روپیہ ٹکٹ رکھتے ہیں ۔ کیا آپ کا یہ خیال ہے کہ اونچا ٹکٹ رکھنے سے عوام کا مذاق اونچا ہو جائے گا ۔ جناب ! اگر آپ پچاس پچاس ہزار کے مجمع میں ہمارے مشہور استادوں کو نہیں سنوا سکتے جو ہماری قومی دولت ہیں ۔ اگر آپ سنگیت کے خزانوں سے ہندوستانی عوام کو فیضیاب نہیں کر سکتے ۔ اور اسے صرف سپرو ہال تک ۔ اوپر کے طبقوں کے چند افراد تک محدود رکھنا چاہتے ہیں ، تو پھر میں کہوں گا کہ اس ملک کو ایسی سنگیت اکاڈمی کی ضرورت نہیں ہے اور

اسے جنتا کے خزانے سے ایک پائی نہیں ملنی چاہیئے۔"

مارے غصے کے میری دم کھڑی ہوگئی۔ اُدھر اُستاد رگھب علی خاں گندھرو ماترا کا اصرار تھا کہ جب تک یہ گدھا محفل میں موجود ہے وہ "میاں کی ملہار" نہیں سُنائیں گے۔ ناچار کلاکیندر کے ایک ممتاز رکن شری مم جندرے میرے پاس آئے۔ اور مجھ سے بڑی لجاجت سے کہنے لگے کہ ہمارے نمائش گھر کو تو آپ نے دیکھا ہی نہیں ہے۔ ہندوستانی مصوروں کی بہت سی نئی تصویریں آئی ہیں۔ ابھی پرسوں ہی اس نمائش کا افتتاح ہوا ہے۔ آپ بھی چل کے ذرا اسے دیکھ لیجئے۔ اور اپنی قیمتی رائے سے بھی سرفراز فرمایئے۔

شری م، م، جندرے نے پورے پانچ سال پیرس میں رہ کر ہندوستانی مصوری کی تعلیم حاصل کی ہے۔ ان کی ایک تصویر "کانٹے ہی کانٹے" پر اس نمائش گھر کے ججوں نے دوسرا انعام دیا ہے۔ وہ مجھے سب سے پہلے اپنی اسی تصویر کو دکھانے کے لئے لے گئے۔ ایک بہت بڑے کینوس پر یہ تصویر تھی۔ ایک ننگی عورت کی پیٹھ کی تصویر تھی جو گردن موڑے اپنے پاؤں میں سے کانٹا نکال رہی تھی۔

میں نے کہا "عورت کو ننگا دکھانا کیوں ضروری تھا۔ عورت اگر باتھ روم میں نہ ہو۔ تو اس کے کانٹا بالعموم اسی وقت چُبھتا ہے۔ جب وہ کوئی لباس پہنے ہوئے ہو۔"

جندرے نے کہا "آپ تصویر کو سمجھے نہیں۔ بظاہر یہ کانٹا اس عورت کے چُبھ رہا ہے لیکن دراصل ایسا نہیں ہے۔"

"پھر کیا ہے!" میں نے پُوچھا۔

"عورت اس کانٹے کو چُبھ رہی ہے۔" مم جندرے نے بڑے فخر سے اور فتح مندی کے احساس سے متاثر ہو کے مجھے سمجھایا۔

"اچھا! کانٹا اس عورت کے نہیں چبھ رہا   عورت اس کانٹے کو چبھ رہی ہے؟
سبحان اللہ۔ یہ نکتہ ابھی سمجھ میں آیا۔ دیکھئے نا۔ میں بھی کس قدر گدھا ہوں۔ ماڈرن مصوری کو ابھی تک سمجھ نہیں پایا۔"

"پوری نمائش دیکھ لیجئے" مم جندرے ہمدردی جتاتے ہوئے بولے "پھر کچھ نہ کچھ سمجھ میں آجائے گا۔ یہ دیکھئے۔ یہ تخیلی آرٹ کا ایک نادر نمونہ۔ جناب غرخش گرامے نے بھیجا ہے۔"

مربعوں اور مستطیلوں میں گھری ہوئی کہیں کہیں ایک عورت کی جھلک نظر آجاتی تھی۔ بانہوں کی جگہ وائلن بنی ہوئی تھی۔ گردن کی جگہ ستار کے تار کھینچے ہوئے تھے۔ جہاں عورت کا دھڑ ہوتا ہے وہاں تانبورے سے مشابہت قائم کی گئی تھی۔ حلق سے باہر ایک ہتھوڑا لگا ہوا تھا۔

میں نے کہا "یہ کیا ہے؟"

وہ بولے "یہ روشن آرا بیگم کی تصویر ہے۔"

میں نے کہا "اور وہ بے مثل سنگیت کار اس تصویر کو دیکھنے کے بعد بھی زندہ ہے۔"

جندرے بولا "یہ تصویر ابھی تو صرف اس کے خاوند نے دیکھی ہے۔ جب سے وہ جیب میں پستول رکھے آرٹسٹ کو ڈھونڈھ رہا ہے۔"

"اور وہ آرٹسٹ کہاں ہے۔ جناب غرخش گرامے...؟"

"پاکستان چلا گیا ہے۔"

"چلو اچھا ہوا، ورنہ یہاں کسی نہ کسی کا خون تو ہوتا ہی یا آرٹ کا یا آرٹسٹ کا۔ پھر میں نے اس تصویر کی طرف غور سے دیکھا۔ کیونکہ میں روشن آرا بیگم کو بہت دفعہ دیکھ چکا تھا۔ کہیں سے بھی کوئی مشابہت نظر نہیں آئی۔ آخر ہار کر میں نے حلق سے باہر نکلے ہوئے ہتھوڑے کی طرف اشارہ کر کے کہا "اس کا کیا مطلب ہے؟"

وہ بولے "اس کا مطلب یہ ہے کہ اس گویئے کا ہر سُر اپنی جگہ ہتھوڑے کی طرح مضبوط ہے۔"

غور سے دیکھئے۔ وہ مچھلی کے پیٹ میں ہے۔ ہر تصویر میں ان کی محبوبہ ضرور
ہوتی ہے کبھی وہ مچھلی کے پیٹ میں ہوتی ہے، کبھی اس کی آنکھ میں، کبھی اس کے
پروں میں کہیں نہ کہیں ضرور ہوتی ہے !!

"واہ ۔ واہ ۔ کیا اشاریت پیدا ہوئی ہے!" میں نے بے اختیار داد دیتے ہوئے کہا اور پھر رک کر مم جندرے سے پوچھا "یہ جناب غرخش گرامے نے کہاں تعلیم پائی۔"

"پیرس میں آٹھ سال ایرانی مصوری سیکھ کے آئے ہیں۔"

"بہت خوب آگے چلئے۔"

آگے ایک کھڑکی آتی تھی۔ کھڑکی میں سے استاد رکھب علی خاں کی آواز صاف گونج رہی تھی۔ 'گھن گھن گرج گرج گھن گھن گرج'، کھڑکی سے آگے ایک بہت بڑے کینوس پر تین مچھلیوں کی تصویریں تھیں ایک مچھلی عموداً کھڑی تھی، دوسری مچھلی کے پیٹ میں گھسی ہوئی تھی۔ تیسری مچھلی دوسری مچھلی کے پیٹ میں نظر آتی تھی۔ تصویر کے نیچے لکھا تھا "کائینات از بغلول"۔

میں نے پوچھا "یہ بغلول کون ہیں۔"

جندرے بولے "یہ بمبئی کے ایک مشہور مصور ہیں۔ صرف مچھلیوں کی تصویریں بناتے ہیں۔"

"وہ کیوں؟"

"ایک دفعہ ان کی محبوبہ کو شارک مچھلی نے کھا لیا تھا۔ بس اس دن سے یہ صرف مچھلیوں کی تصویر بناتے ہیں۔"

میں نے کہا "مگر اس تصویر میں ان کی محبوبہ تو نہیں دکھائی دیتی۔"

"غور سے دیکھئے۔ وہ مچھلی کے پیٹ میں ہے۔ ہر تصویر میں ان کی محبوبہ ضرور ہوتی ہے۔ کبھی وہ مچھلی کے پیٹ میں ہوتی ہے۔ کبھی اس کی آنکھ میں، کبھی اس کے پروں میں کہیں نہ کہیں ضرور ہوتی ہے۔"

"مگر"، میں نے خوب غور سے اس تصویر کو دیکھتے ہوئے کہا "مجھے تو کہیں بھی دکھائی نہیں دیتی۔"

جندرے نے پھر اس تصویر کی طرف غور سے دیکھا۔ آخر نا اُمیدی سے چلا کے کہا معلوم ہوتا ہے وہ ہضم ہو گئی۔ آخر بے چاری نازک مزاج محبوبہ تھی، کب تک مچھلی کے پیٹ میں

رہتی۔ اور وہ بھی شارک مچھلی کے پیٹ میں۔ بے چاری ہضم ہو گئی۔ آہ!"

مم جندرے نے رومال کے ایک کونے سے اپنی آنکھ کے کونے سے ایک آنسو پونچھا۔

"اس تصویر میں بھی انعامی کارڈ لٹک رہا ہے۔" میں نے جندرے کو دکھاتے ہوئے کہا مگر معاف کیجئے گا۔ ایسی ایسی مچھلیاں تو ہمارے بارہ بنکی میں چار سال کا بچّہ بھی اس سے بہتر بنا لیتا ہے۔ پھر اسے انعام کیوں ملا۔ جب کہ مجوبہ بھی غائب ہے۔"

جندرے نے ذرا چیں بہ جبیں ہو کے "معلوم نہیں، یہاں تو میں بھی آپ سے متفق ہوں مگر بات دراصل یہ ہوئی کہ جب نمائش کے جج معائنہ کرتے ہوئے اس مقام پر پہنچے تو لنچ کا وقت ہو چکا تھا۔ اور انھیں سخت بھوک لگ رہی تھی معاً سامنے یہ مچھلیوں کی تصویر آگئی۔"

"تصویر کیا آگئی گویا مچھلیوں کی پلیٹ سامنے آگئی۔" میں نے لُقمہ دیتے ہوئے کہا۔

"جی ہاں اور انھوں نے غالباً اپنی اشتہا سے مجبور ہو کر اس تصویر کو پانچسو کا انعام دے دیا۔" جندرے نے بڑی بیزاری سے کہا "چلئے۔ آگے چلئے۔ بڑے بڑے لوگوں سے بھی غلطی ہو جاتی ہے۔"

میں آگے چلنے ہی والا تھا کہ یکایک میرے کانوں میں آواز آئی۔ "آگے کہاں جاتے ہو۔ اور پھر اسی لمحے کسی نے ایک مضبوط رسّا میری گردن میں ڈال دیا، میں مُڑ کر احتجاج کرنے ہی والا تھا کہ دیکھا۔ مس روپ وتی ہیں اور رسّا میری گردن میں ڈالے، رسے کو اپنی طرف کھینچتے ہوئے کہنے لگیں۔ "بڑی مشکل سے قابو میں آئے ہو۔ اب سیدھے سیدھے گھر چلو۔"

میں کچھ کہنے ہی والا تھا کہ اُدھر دوسری طرف سے کسی نے ایک رسّا میری گردن میں ڈال دیا۔ اور مجھے مخالف سمت کھینچ کر بولا "اس کے پاس کہاں جاؤ گے۔ تم تو میرے گدھے ہو۔"

میں نے گھوم کے دیکھا۔ دوسرا رسّا کملا کا تھا" وہ مجھے اپنی طرف گھسیٹ رہی تھی روپ وتی اپنی طرف۔

روپ وتی بولی "بے حیا، چھوڑ دے اسے۔ یہ میرا گدھا ہے۔"

کملا بولی "اری او کم بخت۔ دیکھتی نہیں، یہ میرا گدھا ہے۔"

دونوں طرف سے زور لگا کے مجھے اپنی اپنی طرف گھسیٹنے لگیں۔ میں دولتیاں جھاڑنے لگا۔ اپنے آپ کو چھڑانے کی کوشش کرنے لگا۔ اس کوشش میں بہت سی تصویریں، ماڈرن آرٹ کے نادر نمونے دیواروں سے ٹوٹ کر زمین پر گرتے گئے۔ کئیوں کے کینوس میری دولتیوں سے بیچ میں پھٹ گئے۔ ایک کینوس دوسرے پر جا گرا۔ یکایک مجھے مچھلیوں کے پیٹ میں روشن آرا بیگم نظر آئی اور اس کے حلق کا ہتوڑا بار بار گردن پر پڑنے لگا۔ میں نے چیخ چیخ کر سارا نمائش گھر سر پر اُٹھا لیا۔ اتنے میں پولیس کے بہت سے آدمی اندر آ گئے۔ سیٹھ من سکھ لال بھی ہانپتے ہوئے اندر تشریف لے آئے۔ اتفاق سے اس وقت روپ وتی اور کملا دونوں نے مجھے چھوڑ دیا تھا۔ اور خود گتھم گتھا ہو گئی تھی اور ایک دوسرے کے بال نوچتے نوچتے ایک دوسرے کے عاشقوں کو گالیاں دے رہی تھیں اس لڑائی میں مجھے کم سے کم ان دونوں کے دو درجن عاشقوں کا پتہ مل گیا۔ سیٹھ من سکھ لال اندر آتے ہی پہلے تو میری رسّی اپنے قابو میں کی اور دو پولیس والوں کو میرے دائیں بائیں رکھا۔ پھر دوسرے پولیس کی مدد سے اس نے روپ وتی کو کملا کی گرفت سے آزاد کرایا جو اس وقت اس کے بال کھسوٹ کر اسے نیچے گرائے اس کی چھاتی پر چڑھ بیٹھی تھی۔ بڑی مشکل سے ان دونوں کو ایک دوسرے سے الگ کر دیا۔ اور مس کملا کو جو اب بُری طرح رو رہی تھی ایک بیوک میں بٹھا کے اسے گھر پہنچایا گیا اور پھر مس روپ وتی اور سیٹھ من سکھ لال مجھے رسّی سے پکڑے ہوئے پولیس والوں کی معیت میں کشاں کشاں اپنے گھر لے آئے۔

اُستاد ابھی تک تان پر گا رہے تھے۔

گھن گھن گھن گرج گرج گھن گھن گرج گرج گھنگھور!

۱۵۴

لایا جانا گدھے کا واپس سیٹھ من سُکھ لال کی کوٹھی پر
اور لڑائی کرنا
مس رُوپ وتی کا اس سے
اور افشا ہونا رازہائے درونِ پردہ کا

گھر لے جا کے سیٹھ من سُکھ لال اور اس کی بیٹی روپ وتی نے مجھے ایک کمرے میں بند کر دیا۔

اس وقت رات ہو چکی تھی، سڑک پر کہیں کہیں گھوڑے تانگوں میں جُتے ہوئے جا رہے تھے۔ ایک بیل کا غذ سے بھرا ہوا چھکڑا کھینچے لئے جا رہا تھا۔ دو کُتّے زنجیروں میں بندھے ہوئے ایک نوکر کے ساتھ چُپکے جا رہے تھے۔ ہم جانوروں کی بھی کیا زندگی ہے؟۔

روپ وتی کے ہاتھ میں ایک پتلی سی بید کی چھڑی تھی۔ وہ اسے ہاتھ میں لئے لئے ٹہل رہی تھی۔ اور مارے غصّے کے تھر تھر کانپ رہی تھی آخر سیٹھ من سُکھ لال نے اسے بہت سمجھایا۔ کہا "تم اپنے ہونے والے خاوند کے ساتھ ایسا سلوک نہیں کر سکتیں اور وہ بھی شادی سے

پہلے ہی۔"

میں نے سیٹھ کی طرف داری کرتے ہوئے کہا "آپ بجا فرماتے ہیں، عام طور پر پٹائی محبت کے بعد شروع ہوتی ہے، یاں محبت سے پہلے ہی پٹائی شروع کر دوگی تو زندگی اجیرن ہو جائے گی۔"

"تم چپ رہو جی۔" روپ وتی نے غصے سے بید گھماتے ہوئے کہا۔

سیٹھ من سکھ لال نے بید اس کے ہاتھ سے چھین لیا۔

روپ وتی بید کے بجائے ہاتھ گھماتے ہوئے بولی "اچھا یہ بتاؤ۔ کیا تم سچ مچ اس کتیا پر عاشق ہو۔"

"کون ہے وہ؟ میں آپ کا اشارہ نہیں سمجھا۔"

"وہی۔ کملا!"

"کملا؟"

"ہاں۔ ہاں وہی بے حیا کتیا" روپ وتی بڑی نفرت سے بولی "کم بخت عورت ہے کہ مرتے کا ڈبہ ہے۔ جب دیکھو دو چار مرد چیونٹیوں کی طرح اس کے ساتھ چمٹے رہتے ہیں!"

"کملا ہے تو بہت خوب صورت" میں نے اقرار کرتے ہوئے کہا "واں مقابلۂ حسن میں ایک بار تو میرے دل میں بھی یہ خیال آیا تھا کہ اُسے ملکۂ حسن قرار دے دوں۔"

"تو دے دیا ہوتا" روپ وتی بڑے غصے میں بولی "پتا جی۔ لانا میرا بید۔ کدھر رکھ دیا آپ نے۔"

میں نے جلدی سے کہا "مگر مجھے اس سے عشق نہیں ہے۔ میں تو دراصل ایک گدھا ہوں۔ میں ایک عورت سے کیسے عشق کر سکتا ہوں۔"

سیٹھ من سکھ لال بولے "بھائی آج کل ایک گدھا ہی عشق کر سکتا ہے۔ ورنہ آج کل کے زمانے میں کسی ذی ہوش انسان کو عشق کرنے کا خیال ہی کیسے ہو سکتا ہے۔ دیکھو تو چیزیں

کس قدر سستی ہو رہی ہیں۔ گندم کا بھاؤ گر گیا ہے۔ کالی مرچ کا بھاؤ گر گیا ہے۔ ابھی ابھی اسٹاک اکسچینج پر میں نے اس مندے میں دس لاکھ روپے کھو دیئے۔ ارے اس خوفناک ستائی کے زمانے میں کون بھلا مانس عشق کرے گا۔ سوائے ایک گدھے کے!"

میں نے کہا "ممکن ہے سٹاک اکسچینج پر کچھ چیزیں سستی ہو گئی ہوں۔ مگر گھاس تو اسی طرح مہنگی ہے۔ میری طرح لاکھوں کروڑوں گدھے ہر روز اسی طرح گھاس کی مہنگائی کا رونا روتے ہیں"

"ارے تم جب دیکھو۔ گدھے کی گھاس کا ذکر کرتے ہو"

میں کچھ کہنے والا تھا کہ اتنے میں دروازے پر دستک ہوئی۔ اور ایک خادم نے اندر آ کے کہا "سیٹھ آپ کا ٹیلی فون ہے"

سیٹھ جی بھاگے بھاگے ٹیلی فون پر غالباً سٹاک اکسچینج پر اپنی قسمت کا نیا بھاؤ معلوم کرنے گئے۔ کمرے میں میں اور روپ وتی اکیلے رہ گئے۔

روپ وتی نے پوچھا "سچ سچ بتاؤ، مس کملا تمہیں اچھی لگتی ہے؟"

"ہاں"

"اس میں کیا ہے، جو مجھ میں نہیں؟" آواز میں ڈراوہ تھا۔

میں نے کہا "جو سچ پوچھو، تو تم دونوں میں کیا ہے؟"

روپ وتی اٹھلائی ہوئی میرے پاس آئی "ڈارلنگ اس روز میں نے تم سے کہا تھا نا کہ تم کبھی کبھی سیر کے لئے میرے ساتھ جا سکتے ہو"

"مگر پیٹھ پر زین کسی ہوگی! مجھے یاد ہے!" میں نے اس سے کہا۔

وہ میرے اور بھی قریب آ گئی۔ بولی "تم ہر روز سیر کے لئے میرے ساتھ جا سکتے ہو۔ اور میں تمہاری پیٹھ پر زین بھی نہیں کسوں گی اور دیکھو تمہاری رسی میں خود اپنے ہاتھ میں رکھوں گی۔ سائیس کو بھی نہ دوں گی"

"وہ تو بیوی اپنے ہاتھ میں رکھتی ہے۔ شوہر کی رسی!"

رُوپ وتی نے اپنی باہنیں میری گردن میں ڈال دیں بولی "اور یہ بھی تُم سے وعدہ کرتی ہُوں کہ سال میں دو مرتبہ تُم میرے ڈائننگ روم میں آ کے میرے ساتھ ایک ٹیبل پر کھانا بھی کھا سکتے ہو۔"

"وہ کون سے دن ہوں گے؟"

"ایک تو تمھاری سال گرہ کے روز۔" روپ وتی بولی "تمھاری سال گرہ کب ہوتی ہے؟"

"ہوتی ہی نہیں ہے۔ مس روپ وتی" میں نے جھلا کے کہا "کہیں گدھوں اور عام آدمیوں کی بھی سال گرہ منائی جاتی ہے؟ یہ سال گرہ اور اس قسم کی باتیں بڑے بڑے آدمیوں تک ہی محدود ہیں۔ اچھا خیر، چلئے۔ ایک تو ہماری سال گرہ کے روز آپ ہم سے ڈائننگ ٹیبل پر ملیں گی اور وہ دوسرا خوش نصیب دن کون سا ہوگا؟"

"جس دن ہم اپنی شادی کی سال گرہ منایا کریں گے۔" مس روپ وتی فلم ایکٹرسوں کی طرح لجا کے بولی۔ اور اس نے میرے کان پر ایک بوسہ دیا۔

پھر آہستہ سے اس نے ایک کاغذ میرے سامنے بڑھا دیا۔

"یہ کیا ہے؟" میں نے پُوچھا۔

"کانٹریکٹ ہے۔"

"شادی کا کانٹریکٹ؟"

"نہیں پیارے۔ یہ تمھارے اور پتا جی کے بزنس پارٹنرشپ کا کانٹریکٹ ہے۔"

"کون سی بزنس کا؟"

"وہی ڈارلنگ!" روپ وتی بالکل میرے گلے سے اپنے رخسار لگائے ہوئے بولی "وہی جس کے لئے کملا نمبیں رتی سے کھینچ کر اپنے گھر لے جا رہی تھی۔ لو اب جلدی سے دستخط کر دو نا۔ میرے پیارے ڈنکی مونکی۔"

میں نے کہا "ذرا اپنے رخسار پرے ہٹا لو۔ مجھے گدگدی ہوتی ہے۔"

روپ وتی کی آنکھوں میں میں نے غصّے کی ایک جھلک دیکھی۔ دوسرے لمحے میں غائب تھی۔ بڑی مشکل سے جلنے کس طرح سے اس نے اپنی نفرت کو مجھ سے چھپا لیا تھا اور اب اسی طرح میرے گلے سے لگی ہوئی کہہ رہی تھی۔ جلدی سے اس کاغذ پر دستخط کرو نا۔ کیا تم میرے لئے اتنا بھی نہیں کر سکتے، دھبڑو؟"

میں نے کہا "میں تمھارے لئے سب کچھ کر سکتا ہوں۔ میں تمھیں اپنی پیٹھ پر سوار کر کے بارہ بنکی تک لے جا سکتا ہوں۔ تمھاری نئی کوٹھی کے لئے میں ہر روز اینٹیں ڈھو سکتا ہوں تمھاری کھڑکی کے نیچے کھڑا ہو کر رات رات بھر ریکا گانا سنا سکتا ہوں۔ مگر اس کاغذ پر دستخط نہیں کر سکتا۔"

"کیوں؟"

میں کچھ کہنے والا تھا کہ اتنے جلدی سے دروازہ کھلا اور سیٹھ من سکھ لال پریشان حال پسینے میں تربتر ہانپتا ہوا اندر آیا آتے ہی روپ وتی سے کہنے لگا "غضب ہو گیا۔ غضب ہو گیا۔ چیزیں اور سستی ہو گئیں۔ چاول کا بھاؤ دو آنے من گر گیا۔ کپڑا ایک آنہ گز سستا ہو گیا سیمنٹ پر سے سرکاری کنٹرول اٹھ گیا۔ سیمنٹ اک دم چار آنے پونڈ نیچے آ گیا ایک دم سستا ہو گیا۔"

سیٹھ اک دم رو کر کہنے لگا "ہے رام۔ اب کیا ہو گیا۔"

میں نے حیرت سے کہا "چاول سیمنٹ اور کپڑے کے دام اگر ذرا سے کم ہو گئے تو اس میں کیا برا ہے۔ عام لوگوں کے لئے یہ چیزیں خریدنے میں ذرا سی آسانی ہو جائے گی۔ اس میں رونے کی کیا بات ہے؟"

"رونے کی کیا بات ہے؟ ارے میں تو لٹ گیا۔ میرا تو اس مندے میں دو کروڑ کا نقصان ہو گیا" سیٹھ چلّایا۔ اپنے سینے پر دوہتڑ مار کے بولا "چیزوں کے دام دو پیسے بھی نیچے گر گئے تو میرا تو اب دیوالہ پٹ جائے گا۔ دیوالہ!"

"آپ گھبرائیے نہیں پتا جی!" روپ وتی سیٹھ جی کو تسلی دیتے ہوئے بولی "آپ ابھی اس کاغذ پر دستخط کئے دیتے ہیں۔ پھر اس پچیس کروڑ کے ٹھیکے میں سے آپ کا سارا نقصان پورا

ہو جائے گا۔" پھر روپ وتی میری طرف مُڑ کے بولی۔" جلدی سے دستخط کردو جی، دیکھتے نہیں ہو۔ تمھارے سُسر دیوالیہ ہو رہے ہیں۔"

"دستخط تو میں ابھی کئے دیتا ہوں" میں نے مجبور ہو کے کہا" مگر وہ پچیس کروڑ کا ٹھیکہ کدھر ہے؟"

"کیا مطلب؟" سیٹھ من سُکھ چونک کر بولے "تم اس روز تو خود ہی کہہ رہے تھے کہ وزیرِ اعظم سے دورانِ گفتگو پچیس کروڑ کے ٹھیکے ...."

"مگر" میں نے جلدی سے بات کاٹ کے کہا "مگر آپ نے میری پوری بات کہاں سُنی۔ بات میرے ٹھیکے کی نہیں ہو رہی تھی۔ برما شیل آئیل ریفائنری کے پچیس کروڑ کے پراجیکٹ"

"باپ رے۔ میں تو بالکل لٹ گیا۔" سیٹھ نے زور سے اپنا ماتھا پیٹ لیا "پچیس کروڑ کا ٹھیکہ بھی ہاتھ سے گیا۔ ارے لوگو۔ اس کے لئے میں نے کیا کیا نہیں کیا۔ اس کم بخت گدھے کو اپنے گھر میں رکھا۔ اسے ایک طرح سے گھر داماد بنایا۔ اس کے لئے میونسپلٹی سے ایڈریس دلوایا۔ اخباروں میں اس کے فوٹو نکلوائے۔ جلوس، ہار، خوشبودار گھاس: ہائے رام میں تو بالکل لٹ گیا۔"

"ٹھیکہ نہیں تھا۔" روپ وتی کی آنکھوں سے شعلے سے نکلنے لگے پھر تو ہمارے گھر میں کیا کر رہا ہے؟"

کمینے! گدھے!"

"مگر میں تو تمھارا دھیٹرو ہوں۔ تمھارا ڈارلنگ!"

"حرام زادے۔"

روپ وتی نے بید اُٹھا لیا، سیٹھ جی نے ڈنڈا۔ ایک نوکر کہیں سے موٹا سا بانس لے آیا۔ میں نے ادھر اُدھر بہت دیکھا۔ مگر سب دروازے بند تھے اور چاروں طرف دیواروں میں کہیں کوئی کھڑکی نہ تھی۔!

سٹاپ پریس

بولنے والا گدھا کل رات شدید طور پر زخمی ہوگیا اس کی بہت سی ہڈی
پسلیاں ٹوٹ گئی ہیں۔ ٹانگوں میں بھی ضرب شدید کے نشان ہیں۔
حملہ آوروں کا پتہ نہیں چل سکا۔ پریس والے گھسیٹ کر جانوروں کے
ہسپتال میں لے گئے۔ ڈاکٹروں کی رائے میں اس کی حالت خطرناک
بیان کی جاتی ہے۔ ممکن ہے وہ اس حادثے سے جانبر نہ ہو سکے۔
بہرحال علاج جاری ہے۔
ممکن ہے وہ کبھی اچھا ہوجائے اور پھر کبھی آپ کی خدمت میں حاضر ہو سکے۔

www.ingramcontent.com/pod-product-compliance
Lightning Source LLC
LaVergne TN
LVHW082346171026
850499LV00040B/1353
9789358729238